蓬萊詭話

Gaea

私廟

make a wish

醉琉璃——著

私廟

目錄

有求必應

「幹恁娘老機掰咧！那個看不起老子的小王八蛋……有一天我一定要讓他好看！去死啦！」

張明傑洩恨地往堆在牆邊的雜物用力一踹，看著紙箱如雪崩滑落，他的心裡湧上一絲痛快，但也只是一絲，很快又被心中滋生的不絕怒火覆蓋。

他被待了快十年的公司資遣了。

爲了發洩鬱悶，張明傑跑到常去的小吃店，叫了一大盤小菜，喝了一堆啤酒。酒精讓他的身體和腦袋變得沉重，他付了錢，踩著搖晃的腳步踏上回家的路。

然後就看到堆在牆角邊的那堆破爛雜物。

它們的存在令他不爽，彷彿連它們都在嘲笑自己的無能。

看著那些東西最後東倒西歪地散落在地，他朝路面吐了一口，這才繼續踩著歪曲的步伐往回走。

張明傑住在父母留給他的老家，兩老五年前已經去世，除此之外，他還繼承了一小塊土地。

乍看下他的生活很不錯，有地有房。

可土地位置偏僻，附近鳥不生蛋不說，面積還小，上面有間荒廢許久的小廟。

廟據說是好幾輩前的人蓋的，不知何時廢棄了，張明傑的父母繼承後沒有處理，便一直閒置在那。

至於房，是超過五十年的老房子，要翻修又覺得浪費，反正也不是不能住。整體生活品質不上不下，不過在他失業後，恐怕要往下直落了。

張明傑家附近並不熱鬧，住戶被田地分割得零零散散，一過晚上八點就看不到什麼人，零星的路燈只能提供微弱照明。

回家路上還會經過一間土地公廟，掛在簷下的紅燈籠亮著燈，可以看見廟門已經關上。

張明傑記得廟裡有個老廟公，平時都是由他打理環境，偶爾還會替人收驚或是拈米卦。

不過隨著這裡人口外流，會來拜拜的都是一些老人，像張明傑自己就許久不曾踏進廟裡。

回到家，張明傑連澡也不想洗了，像灘爛泥倒上沙發，抓起遙控器，隨意地切換電視頻道。

放在褲子口袋的手機這時震了震，他掏出一看，發現收到一則「今日推薦4646廣天直接漲停，提前領飆股加LINE」的簡訊。

手機號碼當然是不認識的。

張明傑沒玩股票，打算直接刪掉，可伸出的手指突然停住。

這則簡訊讓他想到以前他爸玩大家樂時，常提起哪個朋友去拜了哪間陰廟獲得明牌，結果眞的發大財的故事。

明牌、陰廟、簡訊……

張明傑坐直身體，忽然想到一個絕妙的主意。

他的主意是這樣的。

花少少的錢，隨機發送大量簡訊出去，誘騙人加入LINE群組。他就在群組裡報股票，要人進場、當沖、現沖賣出等等……標榜這些都是某某地區的有應公託夢給他，賺了記得去廟裡添點香油錢，還個願。

至於陰廟，自己土地上的那間破廟就可以派上用場了。

反正也不需多少成本，要是眞有人信了，來廟裡捐錢，那就是他賺到了。

張明傑開始忙碌起來，他先清理那塊土地上的雜草，又跑了幾個地方，觀察其他陰廟是怎麼弄的。

他依樣畫葫蘆地找人刻了有應公的神位，石桌擺上一顆代表有應公的石頭。

張明傑看著那顆表面光滑的石頭，帶著幾分開玩笑的心態，在石頭背面刻上了自己的名字。

想到之後要是眞的有人來還願，拜的就是他，香油錢和供品也都是給自己，他就莫名感到暗爽。

最後廟的外面再掛上一面寫著「有求必應」的紅布條。

整體看起來雖然還是挺簡陋，但好歹有幾分模樣。

等這些都弄好，接下來就是瘋狂發簡訊跟創建群組。

張明傑創了許多群組，名字都一樣——「有應公有求必應」，頂多在後面加了編號當區分。

陸陸續續還眞的不少人加入。

或許是瞎貓碰上死耗子，也或許是張明傑的運氣來了。

他隨口亂選的幾支股票還眞的往上衝漲。

張明傑打鐵趁熱，開了眾多分身帳號混在群組裡刷著「有應公太靈驗了」、「我買的股噴到漲停」、「立刻去還願」之類的發言，營造不少人受惠的假象。

於是更多人相信有應公眞的靈驗。

短短幾個月，這座倉促整理出來的有應公廟增加不少信眾前來拜拜，還獲得了大量香油錢。

由於廟的位置偏僻，怕有人趁機偷香油錢，張明傑每天都會去那裡巡視。他戴著口罩，假裝自己是廟裡的義工，有時還會瞎編一些有應公靈驗的小故事，增加整座廟的可信度。

這一天，張明傑又在廟裡打掃，他一抬頭，發現不遠處站著穿著灰外套的老人。張明傑記得那人來了好幾趟，但每次都站得遠遠的，沒見過對方進來拜拜，不知道到底是來做什麼的。

張明傑沒把那人放心上，以爲對方會像以往很快就走了，但那人這次卻站了許久，讓他不得不多注意幾眼。

這一看，張明傑忽然發覺老人有絲眼熟。

他努力盯了半天，霍然想起對方是誰，是他家附近那間土地公廟的老廟公。

大家都喊他阿興伯。

阿興伯站得遠遠的，沒有上前的意思，但他臉色凝重，目光直盯著有應公廟，不時還搖頭嘆氣。

這番舉動引起張明傑的好奇心，他扔下掃把，三兩步跑上前，主動過去打招呼。

「阿興伯，你也來這拜喔。」

「你是……」阿興伯像是沒想到對方認得自己，愣了一愣，困惑的目光直直盯著張明傑露出的兩隻眼睛。

張明傑想起自己還戴著口罩，連忙拉下。

阿興伯端詳了張明傑的臉孔好一會，總算看出幾分熟人的影子，「啊，你是不是張大樹家的……」

「對啦對啦，張大樹是我爸。」張明傑說，「我是明傑啦，你也是來這拜有應公的嗎？我跟你說，祂眞的滿靈的。」

「不是不是，我不是來拜有應公的。」阿興伯搖搖手，神情嚴肅，「明傑啊，你知道這廟是誰負責管理的嗎？」

張明傑心中一緊，表面仍裝作疑惑，「其實我也不知道耶。我是之前受過這裡的有應公幫助，才來這裡當義工還願，平常沒事就過來打掃一下。」

「這樣啊……你要是知道管理人是誰，趕緊打電話通知他一下。這廟給人的感覺不太好，有東西在這。」阿興伯語重心長地說，「你信我，我當廟公那麼多年了，多少看得出來，你也不要太常來這裡比較好。」

張明傑對這話嗤之以鼻。這廟是他一手弄出來的，不過就是間假廟而已，哪可能有什麼不好的東西。

但他表面裝得惶恐，表示自己要是有辦法聯絡上管理人，一定會趕快告訴對方。

阿興伯似乎看出張明傑不太相信自己的話，他也不在意，而是拍拍對方的肩頭，愼重地交代道：「要是眞的碰上什麼問題，可以來廟裡找我，或是到我家，我家就在你們家隔壁兩條巷子的第一間。你也不要嫌我雞婆管太多，就是這間廟的氣……實在不太好。」

「不會啦，阿興伯你也是好意，謝謝你啦。」張明傑敷衍地應和。

或許是他的表情看起來太不耐煩，阿興伯看著他欲言又止，最後不再多說什麼，只搖頭嘆氣地走了。

一等阿興伯遠去，張明傑垮下臉，只覺得晦氣。他這廟原本就是假的，最好阿興伯能看出什麼。

張明傑沒把阿興伯的話放心上，只當對方年紀大，開始胡說八道。

他把香油箱內的錢通通倒出來，裡面成堆的紅色或藍色鈔票讓他樂得合不攏嘴，一下子就把先前的壞心情拋到腦後。

張明傑今天也是心情愉快地回到家。

他看著自己存款簿上的數字逐漸增加，忍不住在上面親了一下，再也沒有比這些數字更美妙的東西了。

他決定再開瓶啤酒，配上買回來的下酒菜，看著政論節目悠閒地度過一晚。

直到晚上十一點多，張明傑才伸伸懶腰，打算洗完澡就去睡覺。

他家浴室在一樓，地板鋪著花磚，鋪滿各色小圓磚的浴缸過了那麼多年還頑強地存在，頂多邊角破損幾個凹洞和馬賽克磚的縫隙間變得髒兮兮。

張明傑先把浴缸的水放了半滿，等沖洗完身體就能泡個熱水澡好好放鬆一下。

他抓著毛巾，慢慢地踩入浴缸裡，過燙的熱水讓他嘶了一聲。他慢慢地沉下身體，感覺全身筋骨似乎都鬆開了，讓他不由得舒服地吐出一口氣。

沒了水花沖擊的聲音，四周變得格外安靜，外面的任何動靜也被襯得異常明顯。

啪啪啪！

一開始張明傑沒意識到這個聲音是哪裡來的，只是不自覺地皺著眉頭，可過一會他霍地睜開眼，側耳仔細聆聽。

啪啪啪啪！

像是有誰在拍打拉下的鐵捲門。

「媽的，吃飽沒事幹嗎？」張明傑嘀咕幾句，仍是懶洋洋地不想動，以為是路人經過故意的惡作劇。

可聲音不斷持續，甚至變本加厲，從拍打變成了像是有人抓著鐵捲門猛烈搖晃。

啪啪啪！哐啷哐啷！

彷彿沒有人阻止，就絕對不會停下。

張明傑原先鬆緩的五官被這噪音擾得漸漸扭曲猙獰。

他猛然從水裡站起，也不管一身濕漉漉的，抓了條人毛巾圍住下半身，氣勢洶洶地朝著大門方向走去，拉開玻璃拉門直接衝著鐵捲門外就是一頓吼。

「幹！系抵咧衝三小！不知道現在幾點了嗎？」

吼聲迴盪在空曠的一樓，刺耳無比。

鐵捲門外的人似乎被嚇到了，頓時停下動作，夜晚再次恢復寂靜。

張明傑帶著一肚子氣地湊上前，從鐵捲門上的信箱口往外看，門外什麼人也沒有，就連前方道路也沒有任何人的影子。

張明傑愣愣地看著空無一人的外頭，直到突然灌入的冷風吹得他的身子抖了抖，才讓他霍然回過神。

張明傑咂咂舌，重新關上門，趿著拖鞋回到浴室裡，「跑得有夠快……算他好運，不然絕對讓他知道老子的厲害！」

張明傑以為這只是偶然的小插曲，但接下來好幾天，老是有人故意挑十一、二點的時候拍響他家鐵捲門。

張明傑氣死了，偏偏衝到門前時，凶手早就一溜煙地逃了。

張明傑決定隔天要在門外裝個監視器，看看到底是哪個王八蛋一天到晚找麻煩。

可惜天公不作美，隔天雨從早上就開始下個不停。

張明傑懶得到街上通訊行買監視器，他只去了有應公廟一趟。

或許因為下雨，今天來廟裡拜拜的人相當少，只有小貓兩三隻。

眼看雨越下越大，這裡本就冷清，雨幕之下更增加了一絲古怪的陰森。

即使知道這座廟不過是間假廟，張明傑還是莫名打了一個寒顫。

他想起阿興伯的警告，又安慰自己這不過是受到心理因素影響，世上哪來什麼神鬼？

要是有，做的這些事哪可能那麼順利？

確認香油箱的鎖沒有遭到任何破壞，張明傑匆匆穿上雨衣，騎著機車離去。

雨勢卻變得超乎想像的大，就算穿著雨衣，張明傑還是被淋得半濕。

回到家，他覺得頭有些暈沉沉，隨便翻找抽屜，找出不知什麼時候買的感冒藥。

也不管藥是否過期，他吞了兩顆，便跑回房裡蓋著被子悶頭大睡。

張明傑被搗得熱醒，醒來後發現自己出了一身汗，一看時間，居然晚上九點多了。這種尷尬的時間，不管去外面吃或是買回來吃，都讓人覺得麻煩。

他下樓到廚房煮了泡麵，順便把昨天沒喝完的啤酒拿出來配，將電視音量調大，隨便找了部外國電影打發時間。

吃到一半，他想起鐵捲門還沒拉下，起身走去關門。

但才過沒多久，外面又有人跑來惡作劇了。

啪啪啪啪！

啪啪啪啪！

鐵捲門被拍打得啪啪作響，緊接著動作加劇，大片金屬像被人抓著猛力晃動。刺耳激烈的聲音在夜間就像是有水落入沸騰的油鍋裡，將原本的寧靜全都粗暴地炸飛。

張明傑頓時心頭火直冒，「啪」地將筷子往桌子一放。他這次也不出聲放話了，而是快步走近大門，想在嚇走外面的人之前，先看清對方長相。

鐵捲門仍持續震晃，越晃越大力，彷彿想將整片金屬門拆下來一樣。

張明傑強按怒意，偷偷從鐵捲門信箱口往外看去，然後他的憤怒猶如碰上雪塊坍塌，一口氣全被壓滅。

外面一個人都沒有。

不，不可能一個人都沒有……肯定是自己看得不夠仔細！

張明傑這樣說服自己，他踮高腳尖，極力伸長脖子。可不管是貼近鐵捲門的位置或是更遠處，都沒有看到任何身影。

最令張明傑毛骨悚然的是，鐵捲門仍在晃動。

意識到某個事實後，張明傑的頭皮幾乎要炸開了。全身血液像被凍結，他手腳發冷，不自覺往後退了一步再一步。

他擠出不成調的呻吟，用力將玻璃拉門關上，跌跌撞撞地衝回客廳，整個人縮在沙發上，眼神寫滿驚駭，彷彿那扇鐵捲門化身成恐怖的毒蛇猛獸。

不，比毒蛇猛獸更駭人。

起碼牠們看得見，可……可是他現在根本不知道抓著鐵捲門晃的到底是什麼！

那個無形的存在似乎覺得張明傑家的鐵捲門是好玩的玩具，一再抓著搖動，震動出的聲響一下下地砸在張明傑的心頭上。

張明傑發顫地把電視音量調得更大，試圖蓋過令他心驚膽跳的晃門聲。

不知不覺，來自屋外的聲音似乎停止了。

張明傑連忙把電視音量調小，確定自己真的沒聽見晃門聲，才放鬆似地吐出一口氣，發現背部不自覺冒出了大片冷汗。

剩下的泡麵泡得軟爛，湯汁也被吸掉大半，讓人看了毫無食欲。張明傑不想再吃了，他把麵拿去廚房倒掉，爲自己倒了杯水。

或許因驚魂未定，他拿著杯子的手還有些顫抖。他慢慢地喝著水，靠著冰涼的液體鎮定情緒。

就在下一剎那，他眼角餘光內出現一道白色影子。

「啊！」張明傑嚇得手一抖，還好杯子沒摔下去，但水灑出不少。他再定睛一看，發現原來是掛在旁邊的白色抹布。

他鬆口氣，暗笑自己的草木皆兵，將喝完的杯子隨手一擱，再打開冰箱，想找瓶酒精濃度更高的酒壓壓驚。

冰箱門剛一打開，張明傑便反射性用力關上，他粗重地喘著氣，但前一刻映入眼內的畫面已牢牢刻印在腦海中。

一名膚色慘白，讓人一看就直覺不是活人的小男孩蜷縮在冰箱裡，黝黑的眼睛如同兩個黑色窟窿。

張明傑手指抖個不停，一時竟不知該不該再打開冰箱確認。內心掙扎了好半晌，他心一橫，再次打開冰箱門，可雙眼卻是閉得緊緊。

一秒過去，兩秒過去，三秒過去……

張明傑沒有聽見絲毫動靜，他緊閉的眼睛慢慢睜開一條縫，然後緊綳的身體遽然垮下。

冰箱裡什麼詭異的景象都沒有。

只有幾把快爛掉的葉菜、三顆雞蛋，還有囤得滿滿的啤酒。

張明傑用力眨了幾下眼，覺得自己可能是被剛才的怪事弄得心神不寧，才會眼花看錯。

不過被自己這樣一嚇，他連喝酒的心情也沒有了。他走出廚房，改在屋裡四處翻找，總算找到了幾個家人以前留下的平安符。

張明傑本來是不信這些的，但今晚碰上的事實在太古怪，饒是覺得鬼神不存在的他，也不得不靠這些尋求安慰。

張明傑把平安符全掛在身上，這才稍微感到安心。

他回到自個兒房間，拿起手機放影片，下午睡太多，現在要立刻入睡太難了。

爲了轉換心情，他選了一部喜劇片，跟著劇情發展哈哈大笑。

看著看著，不知不覺看到了半夜兩點多。

張明傑看得眼睛有點酸，他揉揉眼，把關掉螢幕的手機擱在床頭櫃上的同時，房內倏地出現「咚」的一聲。

張明傑不以爲意，以爲是手機碰到櫃子發出的聲響。可當他鑽入被子裡，房內再次冒出了聲音。

咚。

咚咚咚。

張明傑僵住身體，不敢眨動瞪大的眼，他屏著呼吸，仔細捕捉房內的一切動靜。

聲音就像要強調自己的存在感，下一秒馬上再現。

咚咚咚！

像有人握著拳頭，敲打門板的聲音。

張明傑臉上血色盡褪，他緊抓著垂掛在胸前的平安符，覺得自己的心臟要從嘴巴裡跳出來了。

這間屋子只有自己一人，所以敲門的……究竟是誰？

張明傑動也不敢動，只能用力地緊盯著房門的方向。無邊無際的恐懼牢牢地攫住他，讓他心跳加速，呼吸不自覺也變得急促。

房間內安安靜靜。

然後。

咚！

咚咚咚！咚咚咚！

來自房門的敲門聲清晰迴盪在房內，如同有人在外禮貌地想要尋求入內的首肯。

「啊啊！」張明傑大叫一聲，門外的人好像也被他劇烈的反應嚇住，敲門聲登時停住。

「誰！是誰！」張明傑試圖壯起膽子，但他的牙齒卻控制不住地格格打顫，「誰在裝神弄鬼！」

房外無人回應。

張明傑不敢下床確認情況，他一手緊抓著平安符，心裡瘋狂默唸著各路神明的名號，冀望外面的那個「人」可以自動離去。

但門外的「人」似乎對遲遲等不到回應感到不耐，拳頭猛地又重重砸上。這一次好比狂風驟雨，薄薄的木板門也不知道能承受多久。

「這不可能是眞的、不可能是眞的……」張明傑緊貼著身後的床頭櫃，不停驚恐地唸唸有詞，似乎這樣做就可以假裝一切沒有發生。

敲門聲密集如雨，沒有停歇的意思，就連門把也開始咔咔咔地轉動。

對方像準備破門而入了。

張明傑的一顆心提至嗓子口，無形的壓力像從四面八方湧來，狠狠擠壓他。肺部的空氣像是被不留情地壓榨到極限，令他難以呼吸。

但在下一瞬間，一切戛然而止。

敲門聲消失了，彷彿從來不曾存在。

房間裡只聽得見張明傑猛烈的心跳聲和粗重的呼吸聲。

他急促地喘著氣，緊張兮兮地緊盯著那扇木頭門板，深怕隨時又傳來聲響。

針落可聞的死寂包圍在他的周遭，前一刻波濤洶湧般的動靜猶如幻夢一場。

張明傑緩緩拉開被子，一隻腳踏上冰涼的地板，接著換另一隻腳。他躡手躡腳地靠近房門，卻不是要打開查探外頭究竟，而是想要把牆邊的矮櫃往門前推，最好把門擋得死死的，讓外面的傢伙怎樣也進不來。

他的手才剛放到櫃子上，耳邊冷不防又聽見敲門聲。

咚咚咚！

張明傑只覺寒意從腳底一口氣衝上腦門，他扭曲了五官，不敢置信地慢慢扭過脖子。

聲音是從他身後傳來的。

咚咚咚！

拳頭敲上木頭門的聲音雖然不大，但足以在張明傑心中掀起驚濤駭浪。他驚懼地不停往四周搜索，想要找出聲音是從房裡哪一處傳來。

然後他發現了。

——是衣櫃內。

那個笨重、外表掉漆的雙門衣櫃內正發出聲音。

像有人躲在衣櫃裡，屈指握著拳頭，一下一下地敲打著衣櫃門板。

伴隨著咚咚咚的聲音連續響起，原本密闔的櫃門突然開出一條細縫……

黑漆漆的縫隙內什麼也看不清楚。

嘻嘻。

小孩子的笑聲從衣櫃內飄出，與此同時，那條細縫也慢動作般地越開越大，一雙慘白的手自裡頭探出，抓住了櫃門邊緣。

「啊啊……啊啊啊啊啊！」張明傑發出淒厲的慘叫。一個大男人被嚇得魂飛魄散，瞬間忘了自己不久前還打算死守在房裡，一心只想逃離這個如今成爲恐怖化身的空間。

張明傑腦中一片空白，連鞋子都忘記穿，連滾帶爬地奪門而出，一路衝下一樓。

曾被他當成安全堡壘的屋子，如今宛如可怕怪物的大嘴，隨時會把他吞吃下肚。

他拉開玻璃大門，使出吃奶的力氣抬起鐵捲門。一抬高至可以跑出去的高度，他也顧不得再拉下鐵捲門，頭也不回地直接衝入黑夜裡。

半夜兩點多，路上別說人了，連車都不見一台。

田野隱沒在黑暗裡，偶爾有風吹動稻葉或稻穗，遠遠看過去，就好像一片黑色的海洋起伏湧動。

路邊的住屋都熄了燈，全世界彷彿只剩下張明傑一個人。

張明傑如同驚弓之鳥，任何響動都能讓他跳起，就怕鬼會隨時冒出來抓自己。

他慌不擇路地往前狂奔一段距離，感覺肺灼熱得像要炸裂，才氣喘吁吁地停下。

不知不覺中，張明傑已經離家頗遠。

他大口大口地喘著氣，想找阿興伯求救，偏偏又想不起對方的家在哪。

他摸摸口袋，別說錢包，連手機都沒帶在身上，但叫他再回去，他絕對不敢。

「怎麼辦？怎麼辦？」張明傑神經質地喃喃自語，不知自己該何去何從，直到他瞧見遠方晃動的幾點紅光。

他險些又失態地驚叫出聲，當他定睛一看，發現那原來只是幾盞紅燈籠。

張明傑連忙看看四周，終於意識到自己跑到哪了。他一路像瘋子跌跌撞撞，竟是跑到了土地公廟附近。

彷彿吃了一顆定心丸，他急忙重新邁開痠軟的雙腿，上氣不接下氣地跑到土地公廟的拜亭裡。

然而這個時間點，廟門早已上鎖，門板又幾乎封住了整個門洞，讓張明傑想翻爬進去都做不到。

別無他法之下，張明傑只好選擇躲到拜亭的石桌底下，起碼和土地公只有一門之隔，多少讓他增加了安心感。

幸好現在是夏天，就算入夜，氣溫也還有一定的溫度，讓只套著薄薄衣褲就跑出家門的張明傑不至於受凍。

他不自覺地蜷縮起身體，一邊祈求天趕緊亮，一邊身心俱疲地閉上眼睛。

張明傑以爲在經過不久前的恐怖體驗後，沒辦法那麼快入睡，沒想到睡意來得又快又猛。

他幾乎要沉入夢鄉了。

如果不是聽到笑聲的話。

張明傑猝然張開眼，瞪大的眼睛映入此生所見最駭人的影像。

一名小男孩蹲在石桌底下。

男孩皮膚蒼白，白得沒有絲毫生氣，讓人一看就知道這不是活人。

它的兩隻眼睛黑漆漆的，彷若不見底的黑淵。

小男孩蹲在石桌底下，面對著張明傑，咧開了大大的笑容。它的嘴角不停朝兩側延展，直至耳際後面。

就好像有人拿把剪刀，在它的臉上剪開了一道大大的裂口。

張明傑第一次知道，原來恐懼到了極致，是連聲音都發不出來的。

他張大著嘴，慘叫聲卻彷彿被無形雙手絞緊在喉嚨裡。

他就像隻離水的魚猛力彈跳起來，一時卻忘了自己還在石桌下面，用力過猛之下，腦袋重重撞上了堅硬的石塊。

劇痛讓張明傑眼前一黑，繃至極限的神經同時斷裂，霎時如被剪斷引線的木偶，失去了所有支撐，「砰」的一聲朝旁邊倒下。

再然後，他就什麼也不知道了。

張明傑是被阿興伯給喚醒的。

「夭壽喔！桌子底下怎麼會有人？明傑？喂，明傑，你醒醒！你怎麼睡在這裡？你有聽到嗎？明傑！」

阿興伯接連不斷的喊聲中，張明傑迷迷糊糊地張開雙眼，眼裡還有濃濃的茫然。明亮的日光照亮周邊，讓他看清自己目前正躺在水泥地上，上方則是灰色的石桌背面。

石桌外蹲著阿興伯，後者臉上憂心忡忡。

「阿興伯，你怎麼……」張明傑反射性撐起身體，他的動作太快，阿興伯剛喊了聲「小心」，他的頭又撞到桌子了。

張明傑痛得眼淚都要流出來，他下意識伸手摸上自己的頭，發現上面冒出了一個腫包。他連抽幾口冷氣，同時也回想起昨夜經歷。

「有鬼……有鬼！」張明傑臉上血色盡褪，太陽的熱度並不能帶給他溫暖。他驚恐無比地從石桌底下爬出來，一把抓住阿興伯的衣服，像溺水者抓住唯一浮木，「阿興伯，你一定要救救我！我昨晚撞鬼了……真的出問題了！」

「等等、等等，你冷靜一點……」阿興伯拉開張明傑的手，拍拍他的手背，拿自己的水壺倒了一杯水給他，「你坐在這裡喝點水，我先把廟門打開。」

張明傑雙手緊抓著充當杯子的水壺蓋，縮著身子，眼中盡是揮之不去的畏怕。

阿興伯拿出鑰匙打開廟門，先簡單清掃廟裡廟外，再替土地公換上新的敬茶，最後上香祭拜。

線香的香氣隨著裊裊白煙飄出，張明傑深吸一口氣，情緒總算慢慢穩定下來。

阿興伯走回他身邊，注意到他打著赤腳，眉頭忍不住皺起，「明傑啊，我看你還是先回家一趟。你看你，連鞋子都沒穿……你好好休息一下，再過來找我談吧。」

「什……不行！那鬼就在我家！」張明傑臉色丕變，說什麼也不肯回去，「阿興伯，你一定要救救我，我不該不信你的話……你有辦法的對不對？拜託你幫我趕走那個鬼。我昨天都躲到這裡來了，但它居然跟過來了！」

「什麼？眞的嗎？」阿興伯被嚇一跳，「這可眞是……那個鬼恐怕比我預期的還要棘手啊。」

張明傑深怕阿興伯棄自己不顧，馬上緊抓他的手，甚至當場跪了下去。

「阿興伯，求你一定要救我，你一定要救我！我不想被那個鬼害死啊！我跟它無冤無仇的，爲什麼它就是找上我？」

「你先起來、先起來……大男人這樣像話嗎？怎麼能隨便跪！」阿興伯被張明傑的舉動嚇到，忙不迭把人拉起。可後者也像是豁出去般，跪在他面前硬是不肯起來。

眼看自己拉不動，阿興伯急得不行，最後乾脆撂下狠話，「你要是再這樣，我就真的不管了！」

張明傑最怕的就是阿興伯不肯幫忙，一聽對方這麼說，連忙站起，擔心動作一慢，可能讓阿興伯改變主意。

聽完張明傑昨夜碰上的連串怪事後，阿興伯好半晌沒開口，似乎陷入了沉思。張明傑的一顆心七上八下的，眼巴巴地盯著阿興伯，只盼望對方能給點話。

張明傑如坐針氈，直至阿興伯終於開口。

「你這事……真的不太好辦，不過我會儘可能幫你。但你得先告訴我，那間有應公廟曾發生什麼不尋常的事嗎？或是你可能無意中做了不禮貌的行爲，惹怒對方？」

「不可能！」張明傑全力否認，「我什麼也沒做！」

「你再想想，想仔細一點……我跟你說，人跟鬼對事情的看法不太一樣。有時候你覺得是小事，對對方來說可能是不得了的大事。」阿興伯諄諄告誡，「有沒有可能是你無意中惹有應公生氣了？」

「我真的沒有！」張明傑真心喊冤。他那間廟是假的，裡面拜的有應公也是假的。一開始就沒有的東西，是要怎麼惹對方發怒？

可阿興伯依舊一副不相信的態度，似乎還認爲他冥頑不靈。張明傑真怕對方因此甩手不管，內心一番掙扎，最後他咬咬牙，決定主動坦白關於有應公廟的大祕密。

「那間廟……」張明傑囁嚅地說，「其實是假的。」

「什麼？」阿興伯像是一時沒反應過來。

「我是說……」雖說土地公廟此時只有他們兩人，張明傑仍是壓低音量，小小聲地說，「那間有應公廟……是假的。」

「假的是什麼意思？我明明在那感應到不好的氣，你認爲我在騙人嗎？」阿興伯不禁變了臉色，聲音也拔高幾分。

張明傑急忙解釋，「不是，我相信阿興伯你說的！昨天發生的事我親眼見識到，肯定是有東西纏上我。可是我那間廟……」

「廟是你的？」阿興伯沒漏聽這句，眉毛立刻豎得像要飛起，「好啊，你之前還騙我說你不知道！」

「我那是有苦衷……阿興伯你大人有大量，拜託不要跟我計較！」張明傑再三道歉，總算讓阿興伯願意聽他把話說完。

包括他先修建了一座有應公廟，再傳了大量簡訊亂槍打鳥，還創建一堆群組，在群裡藉著有應公的名義報股票。

「我……我這也不算詐騙啊，我又沒叫他們把錢轉給我，我只是要他們股票漲了記得向有應公還願！」張明傑越說越理直氣壯，越說越覺得自己根本沒做錯事。

阿興伯似乎被張明傑的發言震住了，目瞪口呆地看著他好一會，隨後像恨鐵不成鋼地打上他的肩膀。

「你啊你啊……你竟然敢拿這種事情開玩笑？我看你就是抱著這種心態，才把真正的鬼給引過來了！」

「阿興伯，這事我只告訴你一個人，拜託你千萬別說出去，我賺來的錢可以分你一點……你一定要救我！」張明傑忐忑不安地求饒。

「重點不是你給我錢，是你那間廟……」阿興伯嘆了一口長氣，「你那廟本來就是空的，容易引來孤魂野鬼。我今天幫你趕跑一個，改天可能又有新的跑過來。」

「那……那要怎麼辦？」張明傑如遭霹靂。

「不然……」阿興伯猶豫再三，還是告訴了張明傑其他解決之道，「我去你那間廟當廟公吧，應該能幫你鎮一鎮，不讓孤魂野鬼趁機進來佔位。只不過你得付我一點錢，我跟你說，不是我貪財，只是我幫人處理事情都得拿些報酬才行，這是種規矩。或者你直接迎一位有應公進來，這個辦法更保險，你也不用花什麼錢。只是迎進來後，你就不能再藉有應公的名字亂報那些股票，不然有應公會怪罪於你。」

張明傑打從心底不想選第二個辦法，他還想靠這間廟繼續賺錢，就算不知道能維持多久，但能多撈一筆也好。

「阿興伯，拜託你過來吧。錢不是問題，我可以把賺到的錢分你一半……我發誓，我現在就可以寫字條！」

在張明傑好說歹說下，阿興伯終於答應等今晚事情解決後，就到他那間有應公廟兼差當廟公。

阿興伯原本叫張明傑回家等他，但因爲昨夜的恐怖經歷，對方堅持不肯回去。阿興伯只好帶他回自己家裡待著，順便借他錢，路上先買一雙鞋子穿，不然這大熱天的，赤腳走在柏油路上可不是辦法。

夜晚在張明傑的提心吊膽中到來。

阿興伯果然實現了他的話，他揹上一個側背包，陪同張明傑一起回去。

路上沒什麼人，路燈光芒孤伶伶地照在灰暗的路面上，張明傑的家就位在前面的巷子裡。

阿興伯一走近，就發現屋子的鐵捲門竟還維持開一半的狀態，鐵門下一片黑暗，看不清楚屋內景象。

「你就這樣跑出來了？門也沒拉，不怕小偷上門嗎？」阿興伯忍不住責備張明傑的粗心大意，「萬一有人趁機跑進去偷東西怎麼辦？」

張明傑擠出苦笑，「我昨天半夜都嚇壞了，沒想那麼多……阿興伯，我們現在進去嗎？」

「當然得進去，難道你還想在外面餵蚊子？」阿興伯伸手要把鐵捲門往上推，張明傑趕緊上前，主動攬下這工作。

隨著鐵捲門完全收起，兩人不須彎身也能進入屋裡。

燈都打開後，阿興伯先把屋內兩層樓繞過一遍，張明傑則亦步亦趨地跟在阿興伯身後，不敢落單。

看完屋內構造，阿興伯回到一樓客廳，將包內準備的東西倒出來。

有一大疊黃符、一把小臂長的木劍、一個羅盤、一小袋米，與一些張明傑叫不出名字的物品，他猜測那些應該全是捉鬼的法器。

「你先在旁邊坐，等我弄得差不多再叫你。」阿興伯拿起黃符和羅盤，邊走邊看羅盤上的指針，像在確認什麼，不時往牆上、窗上、門上貼上黃符。

接著阿興伯拿起米袋，在牆邊撒下白米，讓它們連成一條細細的線。

「這個房間，平常是用來做什麼的？」阿興伯敲敲緊鄰客廳旁的房間門，回頭問向張明傑。

「啊，那裡沒在用。以前是我爸媽的房間，現在堆了不少東西。」張明傑將房門打開，果然如他所說，裡頭是個亂糟糟的儲藏室。

阿興伯探頭看了看，點點頭，「你就待在這裡，別出聲，也別出來。」

「只有我一個人嗎？」張明傑大驚失色地按著門板，不讓阿興伯把門關上，「萬一、萬一那個鬼出現在這裡……」

「我會在外面擋著，你待房裡才安全。」阿興伯把張明傑往房內一推，在門上貼了好幾張黃符，「別怕，有這些符在，鬼是進不來的。」

接著又在外頭門把上纏了一個鈴鐺。

阿興伯對張明傑叮囑，「如果聽到鈴鐺響了，就表示那個鬼來了，無論如何你都別開門。除非鈴鐺停，不然不管聽到什麼聲音都別出來，就算我喊你也一樣。」

「什、什麼意思？」張明傑吞吞口水，眼裡是藏不住的害怕。

「就是說鬼可能會假冒我的聲音，引誘你主動開門。門一開，事情就麻煩了。」

張明傑聽得手心直冒汗，他胡亂地點頭，依照阿興伯的交代，乖乖躲在房裡。

房門一關，阻隔了外面的景象，阿興伯的腳步聲也變得模模糊糊。

張明傑坐在擺滿雜物的床鋪上，雙手死死交握，心臟跳得比平時急促。他整個人繃得緊緊，一丁點風吹草動都能讓他反射性從床上跳起。

房裡靜得讓他焦慮，他想開門看看外邊狀況，可阿興伯的警告猶在耳邊。他不斷站起坐下、坐下站起，最末還是一屁股坐回床鋪。

他全神貫注地豎耳傾聽門外動靜，門後安安靜靜的，什麼事也沒發生。

但這樣反而讓張明傑更緊張了，彷彿頭頂上有把刀，不知何時會落下來。

張明傑放輕呼吸，就怕自己錯過外邊的任何聲響。

叮鈴鈴！

細小的清脆響動猛地穿過門板，進入張明傑耳內。

張明傑心神震晃，用盡全身力氣才沒彈跳起來。他慘白著一張臉，驚恐萬分地瞪著前方那扇閉闔的門板。

是鈴鐺的聲音，那個鬼來了！

就像在驗證張明傑內心的想法，鈴鐺聲響了便沒有停下，同時響起的還有阿興伯嚴厲的斥罵。

「這裡不是你該來的地方！還不速速離去，否則別怪我不客氣！」

叮鈴鈴的聲音越來越急促，越來越激烈，客廳像掀起了一陣劇烈的風暴，乒乒乓乓的響動不絕於耳。

有好幾次，房門就像被重物撞上，門板劇烈地震動，似乎下一秒就會被撞破。

阿興伯的喝喊聲被那些聲響淹沒其中。

張明傑不知道外面究竟發生什麼事，他只聽得出必定是一場艱困的混戰。

鈴鐺聲還在響動，張明傑卻忽然聽見阿興伯喊他的名字。

「明傑，可以出來了。沒事了，你快把門打開啊。」

張明傑的呼吸變得沉重，心跳如擂鼓，遲遲不敢起身開門。

鈴鐺還在響，鬼還沒走。

那根本不是阿興伯的聲音……是鬼在騙他！

阿興伯的聲音消失了，取而代之的是小孩子尖高的笑聲，嘻嘻哈哈地笑個不停。

張明傑感覺呼吸困難，此起彼落的鈴鐺聲更是一下下敲打著他脆弱的神經。

只要那扇門被打開，自己的小命就會不保！

阿興伯還活著嗎？他眞的有辦法趕走那個鬼嗎？

畏懼一層層疊加，最終，張明傑腦中有什麼瞬間斷裂。巨大的恐懼徹底將他吞沒，他再也沒辦法待在房內。

他必須逃！

張明傑將阿興伯的交代全數拋在腦後，他的目光落在房間唯一一扇對外窗。他跳下床，用最快速度衝向窗戶，打開上鎖的玻璃窗。

窗戶的高度在張明傑胸口以上，他以爲爬窗很簡單，沒想到光是撐起自己的身體就讓他汗流浹背。

他使出吃奶的力量，費了一番工夫才把自己大半個身體送到窗戶上。

這時重物撞上門板的音響又一次傳出。

張明傑心臟一縮，方寸大亂，原本按在窗框上的手一滑，身體頓時失去平衡、往下栽。

「啊！」他的慘叫聲剛逸出，頭顱已撞上地面，劇痛襲來的同時，他聽到自己的脖子發出「喀」的一聲。

那是他最後聽見的聲音。

「明傑？明傑？」

阿興伯邊敲門邊在房外喊著，但房內遲遲沒有回應，讓他心生疑惑，也不由得擔心張明傑是不是在房裡嚇昏了。

畢竟他剛才弄出的動靜可不是一般的大，也還好張明傑沒有鄰居，否則他也不敢有這番大動作。

阿興伯打開門，他的身後一片狼藉。客廳變得凌亂不堪，家具翻倒，地上散落著玻璃碎片。就連他自己也非常狼狽，額頭冒出汗水，衣衫像被外力撕扯出多道裂口。

阿興伯走進房裡，只看到窗戶大開，沒有發現張明傑的身影。那扇敞開的窗戶當場讓阿興伯咒罵一聲，依照房內空無一人的狀況來看，不難猜出張明傑是翻窗逃走了。

「去把張明傑給我找出來！」阿興伯對著無人的角落喊了一聲。

沒多久，一道瘦小的蒼白人影忽地自牆後穿出。它的膚色是不屬於活人的慘白，兩顆眼睛黑黝黝，像不見底的窟窿。

假如張明傑還在場，一定能認出這個小男孩就是把他嚇得屁滾尿流的鬼。

阿興伯此刻的模樣與在張明傑面前表現出的完全不一樣。他神情陰沉，看到小男孩也沒受到驚嚇，彷彿對方的出現是再平常不過的事。

「他跑哪裡去了？」阿興伯滿肚子不爽，沒想到張明傑居然敢一聲不吭地落跑。

小男孩的手指仍指著窗口。

「我知道他跑了，所以我問你他跑哪裡去了！」阿興伯氣急敗壞地拔高聲音。

小男孩搖搖頭，手指依舊指著窗戶的方向。

「你什麼意思？他沒跑？還是說……」阿興伯納悶地走到窗邊，探頭往外一看，然後滿是怒氣的表情轉為僵硬。

他看到張明傑了。

張明傑就在窗子底下。

但他一動也不動，脖子歪成奇異的角度，腦袋上破了一個大洞，暗紅色鮮血染深了土地，旁邊的石塊上還沾著血。

他睜大眼，眼裡滿是不甘和懼意，視線正好不偏不倚地對上阿興伯。

阿興伯看傻了眼。

張明傑那模樣，一看就知道沒救了。

換句話說，張明傑死了。

「媽的！幹！」阿興伯簡直不敢相信自己所見，他震驚地看著張明傑彷彿死不瞑目的表情，再看向對方胸口，那裡確實沒有半點起伏。

張明傑是眞的死透了。

阿興伯傻愣愣地站在窗邊，手指無意識鬆開，本來被他握住的手機摔落在地。

手機受到撞擊，螢幕自動亮起，上面是個LINE群組的視窗，群組名字寫著——

有應公有求必應。

阿興伯是個廟公。

還是個私下養了小鬼的廟公。

他自認沒做什麼壞事，頂多是偶爾派小鬼去嚇嚇人，讓對方上門尋求自己幫助，趁機賺點小錢。

有一天他收到一則簡訊，加入了一個群組。群裡的管理員會不定時放出可能上漲的股票資訊，宣稱這些都是某某區某某路的有應公託夢告訴他的，要是中了記得去廟裡還願。

會加入這種群的，都是抱持著半信半疑，還有「萬一呢」的心態。

萬一呢？萬一真的中了呢？

反正也不是要轉錢給別人，試試看也不會怎樣。

阿興伯就是這些人的其中一個。

他自己有養小鬼，對於這些神神鬼鬼的事比別人更信了幾分。

也還真的有幾次被那位有應公說中。

可惜阿興伯那幾次沒有出手投資，這讓他有些懊悔，忍不住對群裡提到的那間有應公廟起了好奇。

廟的位置偏遠，沒有指引還真的不好找。

阿興伯去看了好幾次，常見有人來還願，香爐裡的香插得又密又多，大股煙氣將周圍浸染出一陣線香味。

廟裡只有一個打掃義工，他戴著口罩，只能大約猜出是大約三、四十歲的男人。

阿興伯偷偷地躲起來，在群組裡拚命標記管理員。他看見那個義工拿出手機，接著群組裡跳出管理員的回應。

這讓阿興伯猜出了義工的身分。

阿興伯有一次還特地埋伏到晚上，瞧見對方拿走了香油箱裡的錢。他這下更加篤定，這間廟跟那個義工肯定脫不了關係。

他心裡有了個計畫。

那間廟看起來太賺了，他想要分一杯羹。

計畫實行起來也很簡單，他故意先說些似是而非的話，連著幾天派小鬼去嚇嚇對方——讓他比較意外的是，原來那人還是以前老朋友的兒子。

果然，張明傑差點被嚇破膽，堅信自己被廟裡的髒東西纏上，哭著求自己救命，還願意把賺到的錢分他一半。

他將張明傑的心理變化拿捏得死死的，一切本來都計算得好好的。

他會帶著其實派不上用場的法器，和自己養的小鬼表演一場捉鬼戲碼，獲得張明傑徹底的信任。

但現在，全都失控了。

……張明傑把自己搞死了。

阿興伯傻愣愣地站在窗邊，雙眼盯著下方的屍體，腦中卻是一片空白。外面馬路突然有車子的防盜器響起，刺耳的鳴叫聲瞬間拉回阿興伯的意識。他的身子震動了下，猛然意會到自己惹上一個大麻煩了。

張明傑死了，而他在對方的屋子裡。

要是這事曝光，他絕對會被當成嫌疑犯！

不行，不能讓這種事發生。

阿興伯的表情變了又變，最後轉爲猙獰。他得趁著天還沒亮、路上沒人之際，趕緊解決這一切。

他匆匆收拾屋子，把自己的東西全都帶走。又叫小鬼顧好屍體，自己回家開車過來，找了一個幾乎不會有人去的地方，和小鬼合力埋了張明傑的屍體。

阿興伯還是第一次做這種事，他提心吊膽了幾天，只要風頭不對，就準備先到其他地方待一陣子再回來。

卻發現根本沒人在意張明傑的下落，附近居民只以爲張明傑也像那些年輕人一樣去大城市了。

阿興伯拿走了張明傑的手機，回想對方的個性與曾遠遠看過的解鎖動作，試著輸入懶人密碼四個零，果然立時解鎖，接著發現這人創的群組原來不只一個。他接管了管理員的身分，當然連那間陰廟也一併接管了。

他模仿張明傑之前的做法，頻繁地在各群組報出會漲的股票，強調有中一定要去有應公廟還願。

然後阿興伯挑了一個好日子到有應公廟。

農曆八月初六，宜入宅、移徙。

可他萬萬沒想到，以爲應該沒有孤魂進駐的廟裡，竟多出了一道透明人影。

張明傑就坐在香油箱上，膚色死白，頭部破了一個洞，身上還穿著死去時的那套衣服。

桌上的石頭被轉了方向，上面刻的「張明傑」三個字清楚地映入阿興伯眼內。

張明傑看著如遭雷擊、面色驚愕的阿興伯，露出了陰森森的笑。

「這是我的地盤，這裡所有一切都是我的。」

他成了這間廟的眞正主人，他成了這裡的有應公。

〈有求必應〉完

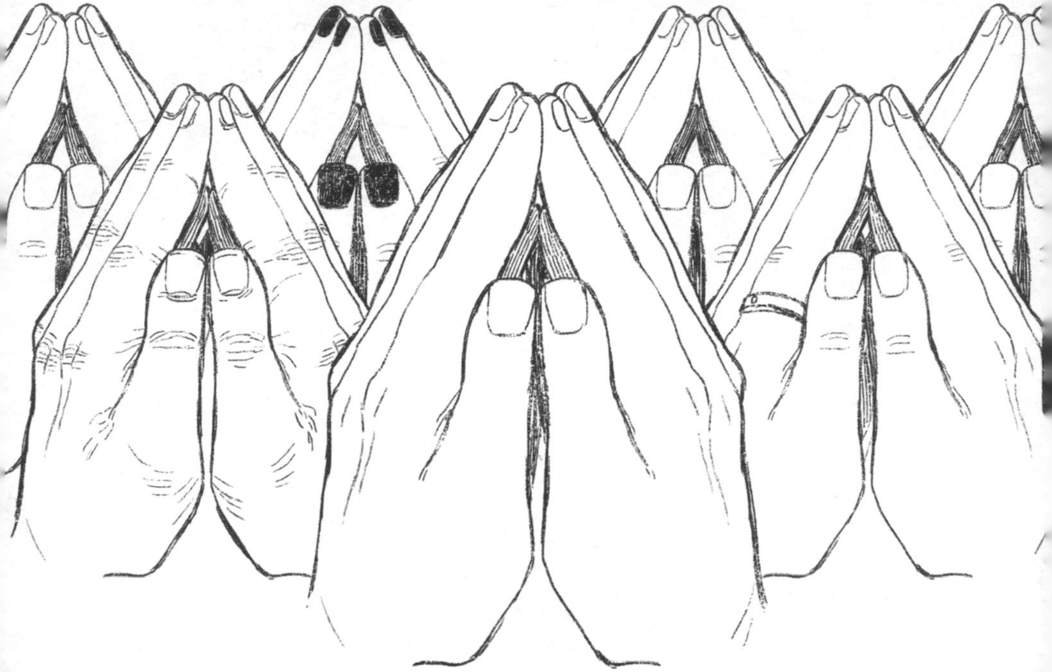

換運

「你是豬腦袋嗎？連這點小事也會出差錯！」

伴隨著一聲怒氣沖沖的斥罵，一疊文件跟著重重砸在陸嘉桌上，也像砸在他心頭上，令他一顆心頓時直往下沉。

陸嘉握著滑鼠的手一顫，抬頭就看見經理鐵青的臉。後者橫眉豎眼，看起來像巴不得將他生吞活剝。

經理的那聲怒吼有如巨石投入平靜水池，嚇得其他人反射性往陸嘉看來。

本來還有些昏昏欲睡的氣氛更是瞬間消退得一乾二淨。

「經、經理……」陸嘉還想堆出討好的笑臉，但經理完全不給他開口機會，冷冷撂下一句「跟我到辦公室」。

陸嘉頭皮發麻，只能拉開椅子，跟著經理走進他的辦公室。

不待陸嘉完全關上門，一串訓罵已不留情劈頭蓋下。

「你到底在搞什麼鬼？讓你管個專案也有辦法搞出問題？人家南聯跟我們合作多久了，一直沒出什麼差錯，怎麼偏偏到你手上就出包？南聯的王協理氣得要命，都打電話來跟我抱怨了！」

陸嘉縮著頭，不敢有任何反駁。經驗告訴他，這時多說一句，只會惹來經理的加倍暴怒。

經理的確也不給他說話的機會，更像是逮了個發洩包，將他罵得狗血淋頭，最末還給他來一記痛擊。

「南聯那邊你不要管了，換陳億過去。反正他手上負責的案子也差不多要收尾，正好可以接手繼續。」

「什……」陸嘉不敢置信地抬起頭，「那我呢？經理，南聯現在的案子都是我去聯絡的，突然說要換人……」

「你閉嘴！」經理提高音量，「你是忘了我剛跟你說什麼嗎？就是因爲你，王協理差點要換掉我們，改找別家合作！虧我還特地把機會交給你，結果你搞砸了……幸好還有挽回的餘地，不然若老闆知道，我看你就準備打包走人吧！」

「眞的不能再給我一次機會嗎？」陸嘉低聲下氣，語帶一絲哀求，「南聯那邊我眞的費了不少心思在上面……」

「不用再跟我廢話，直接轉交給陳億。」經理不想再聽陸嘉解釋，不耐煩地揮揮手，「行了，回你位子上去。等陳億回來，記得把手上的資料轉交給他。眞是的……拜託你多學學陳億，看他多有手腕！」

陸嘉臉色紅白交錯，他抿直唇線，垮著肩膀退出了經理辦公室。

一走到外面，陸嘉可以感受到同事們的目光若有似無地往他瞥來，可能有同情，可能有幸災樂禍，也可能是不關己事的冷漠。

不管哪一種，都讓他臉上無光。

他極力繃著臉，坐回自己的位子上，一趴坐椅內，使恨不得桌下現在就有一個大洞，可以讓自己完全埋進去，隔絕那些來自他人的視線。

沒過多久，那些令人如坐針氈的眼神紛紛挪開。

經理也不是第一次在公司飆罵，人家幾乎都有經驗。只不過相較之下，陸嘉的次數遙遙領先眾人。

陸嘉盯著電腦螢幕，但上方圖表完全沒映入他眼裡，腦中全是經理方才的抱怨。

「拜託你多學學陳億，看他多有手腕！」

陳億。

他的高中同學。

最巧的是，他們的生日還是同一天。

他們兩人在高中時相當要好，不僅同班，還都是籃球隊的。彼此也是學校的風雲人物，掌聲和讚美在三年來一直環繞他們左右。

考上不同大學後，由於一個在南、一個在北，又都有新同學、新的生活圈，雖說仍偶有聯絡，可隨著時間流逝，自然而然使生疏了……

直到大學畢業、進入這間公司，才驚奇地發現兩人居然是同期應徵進來的新人。好兄弟久久不見，感情很快又熱絡起來。

一開始確實是這樣沒錯，但陳億接下來陸續完成了幾個案子，時常獲得上司誇讚；而自己則像是對照組般，普普通通，淹沒於眾人之中，甚至這些年工作上還不停出包。

陳億一直往上走，他卻是一路往下跌。明明兩人在高中時樣樣差不多……不，自己明明更加優秀！

可自從和陳億分開、上了大學，直到進入社會，怎麼情況完全不一樣了？

這也導致陸嘉現在只要一見到陳億，內心便嫉妒萬分，胸口像注滿了酸水，可表面上仍然維持著稱兄道弟的關係。

陸嘉煩躁地耙耙頭髮，想到等陳億出差回來後，自己手上的案子還得交接給對方，心裡更是有說不出的鬱悶。

他忍不住轉頭看向旁邊，陳億的座位沒人，桌面上的東西收拾得整整齊齊，與自己這邊的雜物堆就像是極端的對比。

「媽的……」陸嘉捏捏鼻梁，決定不再多想，先熬過上半天的工作再說吧。

中午十二點一到，辦公室的眾人陸續外出吃午餐，或是下樓向外送員領餐點。也有人自備便當，只要拿到茶水間的微波爐加熱就好。

自從搬出老家、獨自在外買房後，陸嘉就一直是外食族。

他們公司在一棟商辦大樓的十一樓，大樓附近不但有多間便利超商，也有不少餐廳小店，用餐相當方便。

早上被經理那麼一罵，陸嘉連吃東西的欲望都消失大半，但不吃下午就等著挨餓吧。他煩悶地拎著錢包出門，找了間超商，發現還有內用座位，乾脆買了兩顆飯糰加一瓶綠茶，打算草草打發這一餐。

他一個人坐在角落，嚼蠟般地咬著飯糰，超商內熱鬧的人聲與他所處位置彷彿徹底隔絕。

陸嘉還看到了同事，但他沒有打招呼的心情，繼續埋頭吃飯糰。

他想裝作沒看到，但同事們卻發現了他，同時相中的還有他獨佔的這張四人桌。

「陸嘉，今天怎麼一個人？這裡沒人坐吧。」瘦高的男人笑嘻嘻地走近，把自己的中餐放在桌上，「自己一個人也太寂寞了吧，不怕不怕，我們陪你。」

「吃飯就是要人多才熱鬧嘛。」另一人也坐下，還把一瓶飲料往陸嘉方向推了推，「剛買一送一，喏，請你吧。」

「謝了。」既然同事們都坐下了，陸嘉也不好再愛理不理。他把自己的東西往內移，清出更大的空間。

陸嘉的手機這時跳出一則簡訊通知，他點開後，下意識唸了簡訊的前幾字，「今日推薦4848白象……」

「什麼什麼？」同事王世閔好奇地湊過去，也不在意那是別人隱私，「今日推薦4848白象直接漲停，提前領飆股加LINE，加入有應公有求必應群組……這詐騙嘛！」

「我也收過類似的。」廖凱旋拆開免洗筷的包裝袋，「跟你報股票，要你加群組，然後就是叫你吐錢出來。」

「喔……喔，我看就知道，才不會那麼傻，畢竟有應公群組一聽就很可疑嘛。」陸嘉假裝自己沒有出現瞬間的動搖，刪除簡訊。

「是說陸嘉你今天也太慘了，被李禿頭罵得那麼慘。」

李禿頭是一些人私下對經理的戲稱，當然誰也不敢直接說出來。

「別提了……」陸嘉苦著一張臉，「真的是衰爆了，我都懷疑我是不是前世滅了李禿頭滿門，他才會一直針對我。」

「他對全公司的人都很針對啦。」廖凱旋撕開義大利麵上的封膜，茄汁香氣立即往外飄散，「啊不對，也不能說全公司，老闆肯定是例外了。」

「還有一個。」王世閔拿出自己的環保餐具，「陳億啊！陳億簡直像是李禿頭的寶貝蛋一樣，哪捨得罵他。」

「不過陳億的確挺厲害的，眞羨慕人家長得帥，公司裡起碼一半女同事都喜歡他吧。」廖凱旋摸摸自己的臉，「雖然我也覺得我長得不差啊……」

「少來，你那張臉別嚇哭小朋友就不錯了。」

「別說陳億，陸嘉長得也算不錯啊。」

「喂喂，算不錯是什麼意思啊？」陸嘉覺得自己不能當沒聽見，故意擺出委屈的表情。

「我說陸嘉。」坐在陸嘉旁邊的廖凱旋一掌拍上他的肩膀，語重心長地說，「人啊，不能昧著良心。你臉是不錯，可是身材……陳億那身肌肉大概屌打我們全部了，聽說還有腹肌呢。」

「我們只有一塊肌。」王世閔捏捏自己的啤酒肚，無比哀怨，「唉呀，人比人眞是……比不上比不上。」

陸嘉很想反駁他當年也是有腹肌的，他可是籃球隊隊長，陳億不過只是副隊長。

可一低頭看到自己略鬆垮的肚子肉，陸嘉就什麼話都說不上來了。他咬咬牙，感受到那股被自己壓下的妒意重新捲上。

他也不是沒想過去健身房練練，可去年因爲頸椎壓迫，復健了好長一段時間，好不容易情況好轉，今年後背和左肩及手肘又出毛病，斷斷續續地痠痛，有時消失，有時又讓人難以忽視。

陸嘉只覺得很煩，去年看醫生做復健已壓縮太多自己時間，每天下班就是到診所報到，回家後洗個澡、看個線上影片，轉眼時間也晚了。

這種循環讓陸嘉感到疲累無比，因此他寧願再忍個一陣子，說不定不適感自然而然就沒了。

更不用提這禮拜他看完皮膚科後，莫名又開始牙疼，害他止痛藥連嗑好幾天，預約看診還得等到下週三，他實在不想再加上其他科了。

陸嘉沉默地吃著飯糰，一時沒心情再加入同事們的聊天。

超商的自動門再次開啓，清脆的嬉笑聲頓時傳來，其中一個人名更是順勢進入陸嘉耳中。

「欸欸，林冰，妳今天要吃什麼？」

「不知道，還在想呢。」一道甜美嗓音回答。

陸嘉忙不迭抬起頭，果然瞧見他心心念念的那抹人影。

綁著長馬尾，露出雪白後頸的女子正與身邊同事笑鬧著，壓根沒察覺到有人偷看著她。

林冰是今年一月才進公司的新人，性格溫柔，說話又甜又軟，人又勤奮，進公司不久就獲得大家的喜愛。

公司女性本就不多，林冰加入後，一眾女生總喜歡結伴吃飯，到哪都熱鬧得很。

陸嘉也曾想約林冰一起吃午飯，好藉機拉近彼此距離，可惜她總是笑笑地說已經跟人約好了。

但有時候，林冰又會將買一送一的咖啡分享給他，讓陸嘉不由得暗自竊喜，忍不住猜測對方是不是也對自己有點意思。

只是這個福利似乎不是他獨享，陸嘉見過幾次林冰將咖啡送給其他人，就連陳億都喝過。

一想到這裡，陸嘉看見林冰而生起的好心情又低落下去。

林冰來得快，走得也快，不一會兒已和同事離開超商。

發現已經見不到那道倩影，陸嘉也不想逗留。不管另外兩人還沒吃完，便獨自匆匆收拾東西，先回公司去了。

下午時間，盯電腦盯得久了，陸嘉伸伸懶腰，起身去上廁所。沒想到當他回來，辦公室內一片笑鬧聲。

陸嘉剛走進去，就對上一張爽朗的笑臉。

陳億回來了。

「唷，陸嘉。」陳億笑嘻嘻地指著櫃子，「我帶了土產回來，記得拿去吃啊。」

「喔……喔好。」陸嘉慢半拍地回話。他慢慢走回自己的位子上，身旁的愉悅氣氛像感染不到他，整個人待在辦公室裡顯得如此格格不入。

但沒有人特別注意到陸嘉，眾人的心思都放在陳億身上。

早上還對陸嘉破口大罵的經理一瞧見陳億，立即眉開眼笑。

「幹得不錯啊，陳億！」經理大力拍拍陳億的背，「李副理還特地打電話稱讚你在他們那兒的表現。」

「哪裡哪裡，都是經理教得好。」陳億謙虛地說，又從自己帶回來的東西中找出一袋，「這是給經理的，知道經理愛吃辣，特別買了特辣口味。然後這個，是給我們公司幾位美女的。」

公司就五位女同事，一聽到陳億多帶一份土產給她們，頓時心花怒放。

「嘖嘖。」坐在陸嘉另一側的同事壓低聲音說，「陳億那張嘴，就是懂得哄人，你看她們被哄得多開心。」

陸嘉回頭望了一眼，瞧見林冰也笑得明媚，一雙漂亮的大眼睛彎成弦月狀。

「對了，聽小張說你跟陳億是高中同學？真的還假的？」同事用手肘撞撞陸嘉，掩不住一臉好奇，「那你跟陳億……」

「都以前的事了，講這些做什麼？」陸嘉突兀地打斷話，也不管對方會怎麼想，他猛地推開椅子站起，只想趕快離開辦公室。

再繼續待在這裡，他感覺自己下一秒就會喘不過氣，無法呼吸。

「啊，陸嘉！」陳億卻忽然喊住他，「南聯的資料，你晚點記得傳給我！」

陸嘉腳步停住，身體僵硬。

陳億還笑著說：「你到時候一起幫我吧。我記得你最近比較清閒，手上沒負責什麼案子，正好可以跟我一起搭檔。」

「……我知道了。」陸嘉用盡了力氣，才沒讓自己聲音變調。他不敢轉過頭，怕自己猙獰的臉色會被他人看見。

他快步地走出辦公室，宛如落荒而逃。

靠近廁所的陽台是抽菸的好地方。

沒辦法，通往頂樓的大門是鎖住的。管委會、警衛或清潔人員才有鑰匙開啓，一般公司職員只能望門興嘆，乖乖地另尋地方解解菸癮。

陽台就成了愛菸人士的爭奪位置。

幸運的是，十一樓的陽台競爭率沒那麼高，陸嘉去的時候沒半個人，由他獨佔。

外邊艷陽高照，天空藍得不像話，但籠罩在遠方高樓上的卻是一層灰灰的霧霾，形成了一幅奇妙的畫面。

陸嘉掏出香菸和打火機，伴隨著「叮」的一聲，細弱的火苗竄出，很快就將香菸點燃。

陸嘉含著菸，深深吸了一大口，讓尼古丁的味道充滿肺部，再慢慢地吐出不完整的煙圈，橘紅色火光隨著他的吸吐一併閃閃滅滅。

沒過多久，陽台上出現另一道人影。

陸嘉瞄了一眼，發現是廖凱旋，對方也是偷閒跑來這裡抽菸的。

「借個火，剛出來太快，忘記拿打火機了。」廖凱旋將香菸遞過去，點燃後立刻塞進嘴裡，菸癮頓時緩解不少，「呼……要是陽台再大一點就更好了，我們兩個大男人塞在這裡，馬上就覺得擠。」

「不然你走開。」陸嘉哼了一聲，「這樣我就不擠了。」

「別別別！我說笑的，一點也不擠！」廖凱旋才不想去樓上或樓下的陽台，他是標準的懶人派，讓他多走一層樓梯都嫌費力。

陸嘉沒再理他，叼著菸，繼續眼神放空地望向遠方景色，只是下一刻他斷了聲，抬手按著頸後。

「怎麼了？」廖凱旋狐疑地瞥了一眼過來，「落枕了？拉傷了？」

「不知道……」陸嘉煩躁地揉按脖子，「這幾天莫名其妙在痛，位置還不固定。」

「你找個時間看下醫生比較保險。」廖凱旋以過來人的經驗勸告，「早點解決比較好，拖久很麻煩的。我之前就是肌肉拉傷沒去管，結果復健搞得有夠久。」

「你以爲我不想嗎？」陸嘉彈彈菸灰，神情鬱悶，「我的胃上上禮拜才出毛病，醫生說是胃炎，叫我吃清淡點。都還沒好，甲溝炎就發作，結果皮膚科開的藥害我胃病變得更嚴重，直接又急性胃炎，然後現在換牙齒跟著疼。」

「哇啊……行啊，兄弟。」廖凱旋聽得目瞪口呆，香菸差點從嘴裡掉下，「你這也太衰了吧，要不要去拜個拜？」

「你以爲我沒去拜過嗎？」陸嘉說起這個更煩了，工作連連出包，身體跟著不斷出問題，他都懷疑自己是不是卡到陰，才會倒楣成這德性，「我前幾天就去媽祖廟拜過了。」

「然後？」

「然後你看我像好了的樣子嗎？」

「噢，你也真慘，真的太慘了……」廖凱旋拍拍陸嘉的手臂，「我看你應該去蹭蹭陳億的運氣。」

一聽見「陳億」這名字，陸嘉的後牙槽咬緊，血液像一口氣衝到腦門。

廖凱旋的聲音變得模糊，偏偏又一字不漏地往陸嘉耳內鑽進。

「他進來公司一路升到主任，李禿頭又特別賞識他，聽說他上個月還中了幾次獎，真是太讓人羨慕了吧，老子好幾年連發票兩百都沒中過。」廖凱旋嘮嘮叨叨地碎唸著，「這種運氣，絕對是開掛了吧。就是那個，對對，別人口中說的歐洲人吧。不過你都坐他旁邊那麼久了，反而運氣如此差，看樣子不是說蹭就能蹭到吧。」

廖凱旋遺憾地大嘆一口氣，將上半身倚在圍牆前，夾著菸的手指垂掛在圍牆外，「既然坐陳億旁邊沒效果，拜拜也沒效果……我看啊，陸嘉你去收驚算了。」

「收……什麼？」乍聽見自己的名字，陸嘉猛地從陰鬱的情緒中掙脫出來。

「收驚、收驚，你別跟我說你不曉得收驚是啥。」廖凱旋轉頭看向陸嘉，一臉「不會吧」的表情。

「我哪可能不知道，小時候都嘛常去給人收驚。」陸嘉給了一枚白眼，「不過我只在老家收過驚……你有認識的可以介紹嗎？」

廖凱旋也是隨口說說，要介紹還真想不出哪邊的宮廟或神壇適合。他的臉皺成一團，抽菸速度也變快了。

就在廖凱旋一個頭、兩個大之際，他忽然看到走廊上有人往陽台走過來，還是張熟悉的面孔。

他眼神一亮，馬上朝對方揮揮手，「林冰、林冰，我們最漂亮的大美女林冰！」

「廖哥你在說什麼啊，別亂喊啦！」林冰雙頰飄上紅暈，像是不習慣對方的吹捧。她走至陽台後，立即被過濃的菸味嗆得連忙摀鼻，「你們菸味也太重了吧……」

「啊，不好意思、不好意思。」陸嘉手忙腳亂地摁熄香菸，不想給林冰壞印象。

「陸嘉，謝謝你。」林冰嫣然一笑，清麗的笑容迷得陸嘉的心臟失速亂跳。

「我說林冰美女。」廖凱旋毫不在意地抽自己的菸，「我記得妳是花園市本地人對吧，妳知道這附近有比較推薦的收驚地點嗎？」

「咦？收驚？」林冰訝異地來回看向廖凱旋和陸嘉，「知道是知道……但你們誰要？」

「就陸嘉。」廖凱旋抬抬下巴，「他最近太衰了，想去收個驚，看是不是被什麼髒東西跟上。」

「這樣啊。」林冰恍然大悟地說，「我是不太了解這方面啦，不過曾聽人提過有位師父挺厲害的……我有個朋友前陣子也去找她幫忙，對那位師父很稱讚呢。不是大廟，是私人宮廟那種。要是陸嘉你有興趣，我等等回去傳LINE給你。」

「有有有，就拜託妳了！」陸嘉本來沒特別想去收驚，但既然是林冰介紹的，那就絕對要去。

雖說要去收驚，但陸嘉卻是一直到週六才有空。

林冰給的地址是陸嘉從來沒去過的地方，叫作紫玄宮，離市區有一段距離，騎機車過去起碼要四十分鐘。

紫玄宮營業時間到晚上八點，陸嘉是第一次去，保險起見還事先打了電話，說明自己想要收驚的事。

接電話的人是年紀不小的阿姨，她聲音溫和，說話慢慢的，天生給人好印象。還告訴陸嘉若要收驚，記得帶平時常穿的衣物，一小包米，還要記得寫下農曆的出生年月日。

身爲介紹人，林冰對陸嘉去收驚一事自然多了幾分關心。

「你記得早點去喔，這種事別拖太久比較好，希望順利解決你的問題。」

看著手機傳來的訊息，還有一個加油打氣的表情符號，陸嘉忍不住露出一抹傻笑，趕緊也回了一個振作的表符。

紅燈剩幾秒就要轉成綠燈，陸嘉瞄了一眼架在機車上的手機，確認沒有新的訊息跳出，這才將頁面切回地圖導航。

在導航指引下，陸嘉終於找到紫玄宮。它藏身在巷弄裡，外觀看，就像是普通民宅。

要不是上面掛著一塊「紫玄宮」的招牌，玻璃門上也寫著收驚、祭改、命理等等文字，陸嘉眞的會以爲自己找錯地方。

玻璃門是拉開的，裡面還有扇紗窗門隔著。透過紗窗縫隙，可以瞧見屋內有座神壇，上面安置著叫不出名字的神明雕像，供桌上擺著鮮花素果，一旁還有張辦公桌，旁邊放著多張椅子。

一名穿著深藍衣袍的年長女性正坐在辦公桌後。

陸嘉猜那應該就是林冰提到的許師父了。

陸嘉有絲遲疑，想著自己該直接喊人還是按門鈴。還沒等他做好決定，屋子裡的許師父先注意到他。

許師父推推眼鏡，意識到有客人來訪，立即起身迎上前，「你好，請問是……」

「師父妳好，我是之前打電話過來的陸先生。」陸嘉自我介紹，「今天過來是想請妳幫忙收驚。」

許師父給人和氣知性的感覺，一頭鬈髮整齊地綁在頸後，戴著眼鏡，笑起來時眼睛瞇得只剩一條縫。

屋內飄著淡淡的線香味道，不會嗆人，反倒讓人不由自主生起幾分安心感。

許師父招呼陸嘉在辦公桌前的椅子坐下，「衣服帶來了嗎？」

「有有有。」陸嘉趕忙將之前吩咐要帶來的東西都拿出來，「師父妳說要淺色的……我挑了一件白色的過來，是我在家裡常穿的。啊，還有這個米，這樣的量妳看夠嗎？」

許師父看著陸嘉擺上桌子的物品，點了點頭，「米這樣就夠了，你先把你的名字寫在這張紙上，接下來坐在這等我就好。」

陸嘉看著許師父將他帶來的米分成兩份，一份先倒進盤子裡，拿一疊金紙將米壓得平平的，端到供桌上擺著；另外一份則用白色上衣覆蓋住，再將剛寫了路嘉名字的紙放在衣服上。

接著許師父點燃三炷香，站在神壇前喃唸起一大段話。她語速很快，陸嘉試著弄明白她唸的內容卻徒勞無功。

等許師父上完香，她閉著眼睛在米盤上撥弄幾下，再掀開衣服，低頭嚴肅看著顯現的紋路。

陸嘉心裡緊張又好奇，但在許師父開口前，他也不敢隨意亂動。

就在陸嘉的情緒緊繃到最高點，許師父對他招了招手，「陸先生，你過來。」

「啊，好的！」陸嘉大步上前，一顆心急促地跳動，就怕聽見什麼令人頭皮發麻的壞消息。

「從米卦來看……」許師父講解時的速度仍是慢吞吞的，「你的身體要多注意一下。晚上是不是不好入睡，肩頸這陣子都在痛，牙齒也要多注意一下……還有工作上犯了小人，會導致你本來順順的事業出現一些小波折。」

陸嘉越聽越心驚，許師父說的問題都跟他現今的狀況對上了，怪不得林冰會說這間紫玄宮很靈驗。

實在太不可思議了！

「師父，那有辦法解嗎？」陸嘉心急地問道。

「你別著急。」許師父安撫道：「這些問題都不算太嚴重，我幫你處理一下就可以。不過身體出問題還是要記得看醫生……你站在這別動。」

許師父從盤內抓幾粒米，在陸嘉的後背和胸前揮舞幾下，吟誦出一段收驚歌。

陸嘉努力聽了一會，發現聽不懂內容就放棄了。他站著不敢動，把自己繃得像根電線桿，就怕自己隨意一動會打擾到許師父作法。

直到最後一句歌詞落下，整場收驚儀式才算正式完成。

許師父將衣服疊起裝進袋內，再拿出符紙、毛筆和硯台。

陸嘉不確定許師父用的是墨水還是其他東西，總之紅色的顏料流暢地在符紙上勾勒出一串咒文。

摁下最後一筆，許師父將毛筆擱在一邊，又從櫃子裡翻找出一些乾燥過的植物。等到符紙上的墨水乾涸後，她將這些東西全放進一個小封口袋，交給了陸嘉。

「衣服回去記得穿起來，還有這張符……」許師父仔細地向陸嘉交代，「洗完澡後，把符燒成灰，再加一點米跟鹽，一起放進水裡。然後用它擦拭全身，臉也記得洗一下，基本上就沒什麼大問題了。」

收驚的費用比陸嘉預估的便宜許多，這讓他鬆口氣，心裡更加感謝林冰的介紹。

也不知道是心理作用，或是收驚眞的發揮效果，陸嘉覺得肩頸好像較鬆許多，彷彿這幾日壓迫其上的無形之物跟著消逝無蹤。

或許……接下來一切眞的都能好轉。

「幹得不錯！」

當經理的大力誇讚落到耳內時，有瞬間，陸嘉還以爲自己在作夢。之前經理只要叫陸嘉到他辦公室裡，十之八九是要狠狠地訓人一頓，或者是交代他一些不重要的雜事處理。

沒想到這一次，居然獲得了實際稱讚。

經理還在滔滔不絕地說，內容不外乎誇獎陸嘉前天發過來的企劃書寫得非常好，老闆看過也覺得沒問題，決定交給陸嘉負責執行。如果需要其他人力幫忙，可以儘管提出來。

陸嘉走出經理辦公室時還有些暈乎乎的，腳步甚至都快飄起來，好比踩在軟綿綿的雲端上。

經理還告訴他，只要這次案子能成功，他就可以等著加薪了，職位也有機會往上調整。

「怎麼了？經理叫你進去是要幹嘛？」陳億一見陸嘉回到位子上，忍不住好奇地湊過來問。

陸嘉迅速從恍惚中回過神，他努力繃著表情，不想讓自己的得意太過明顯，可嘴角的笑意怎樣也藏不住。

「也沒什麼，就是我之前提的企劃過關了，經理和老闆都稱讚我做得挺好的。」

陸嘉裝作若無其事地說，「等完成後，可能還會加薪吧。」

「不錯嘛！到時候記得請客啊，兄弟。」陳億笑嘻嘻地說，「啊，不過應該我先請才對。」

「什麼？」陸嘉疑惑地問。

「南聯的案子，你還記得嗎？上禮拜你交接給我的那個。進行得相當順利，大概再幾天就能簽約。」陳億說起自己的進度，頓時眉飛色舞，表情是掩不住的驕傲。

陸嘉剛生起的雀躍瞬間被澆了一盆冷水。

他怎麼可能忘記，那本該是由自己負責的，要不是南聯的王協理反反覆覆，甚至還向經理告狀，怎樣也輪不到陳億接手！

他在上面耗費了多少苦心，卻被陳億從中攔截，直接端走他的成果。

如今陳億還得意洋洋地跟自己炫耀。

陸嘉強迫自己冷靜下來。沒錯，南聯算什麼，他即將負責的「新駿」規模更大、金額更高。只要成功簽約、敲定合作，他的貢獻就能比陳億突出。

「明晚怎樣？」陳億還在愉快地說話，「幾個人一起吃飯喝酒，就你、學弟、廖凱旋……」

「林冰也一起吧。」在陸嘉反應過來之前，一個人名已脫口而出。像怕被看出自己對林冰的心思，他趕忙又補上一個名字，「還有劉曉涵。」

「行啊，我等等問她們。」陳億似乎沒留意到陸嘉的異狀，豪爽地點點頭，將這幾個人納入明天聚餐的名單中。

雖然知道明天餐會上可能要聽陳億不斷吹噓自己的功績，但只要想到林冰或許也會出席，陸嘉不免懷抱了幾分期待。

這份期待無可避免地不斷膨脹，等到了下午，陸嘉再也按捺不住，決定主動先發訊息問問林冰。

然後他得到了一個讓他心花怒放的好消息。

聚餐嗎？陳億問過我了，應該沒問題。

林冰在另一頭發著訊息。

你也會去對不對？

陸嘉看著林冰問的最後一句，心臟怦怦跳。

林冰會這樣問……難道是因爲自己去了，她才跟著去嗎？

陸嘉不敢直白地問出來，但不妨礙他爲此暈陶陶的。他給了肯定的回答，又收獲到一個可愛的表情符號。

整個下午陸嘉有些心神不寧，恨不得時間能夠過得再快一點，最好一眨眼就來到明天晚上。

陸嘉盯著電腦螢幕，但心神仍控制不住地飄得老遠，直到座位旁傳來一聲低咒。

「……幹，又槓龜！」坐在陸嘉右邊的同事氣呼呼地將桌上成堆的發票揉成一團，一股腦地塞進垃圾桶，「今年也太衰了吧，到現在都沒中過。」

陸嘉這才意識到又到了對發票的時間。

陸嘉的發票都是綁成一束，隨意塞在桌子的某個角落。他挖出那團縐巴巴的紙張，拿起手機開始掃描上面的QR Code。

老實說，陸嘉對中獎不抱什麼希望，他至今連六獎的兩百元都沒中過，會對發票也只是按時完成一個工作而已。

沒中獎的發票一張張地堆疊起來，不到一會就像座小山。

陸嘉早就放棄了，所以也沒多失望。他繼續將手機鏡頭對準發票，緊接著手機忽然震動一下，對獎程式的頁面上跳出大大的「恭喜你中獎了」幾個字。

陸嘉一愣，他眨眨眼，再眨眨眼，發現自己真的沒看錯。

他的發票中獎了，還是中……

「四、四千元……」陸嘉倒吸一口氣，雙眼瞪大。

他這聲呼喊忘記壓低，左右兩邊的人都聽見了。

「什麼？什麼四千元？」陳億馬上轉過頭。

「我靠，眞的假的？你發票中四千？」另一位同事的眼睛簡直像發出綠光，恨不得能抓著陸嘉猛搖，「爲什麼你有四千，我連兩百都沒！」

「嘖嘖，這還用說嗎？運氣啊。」陳億看向陸嘉的眼神有點羨慕，「你也太好運了吧，陸嘉。」

「我也覺得我……運氣變好了。」陸嘉喃喃道，下一秒一個猜測在他腦中炸開。

是收驚的關係嗎？

好像從那天過後……運氣就開始漸漸好轉。

受經理稱讚、發票中獎、明天還能和林冰一起吃晚餐——就算不是單獨兩人，但也是第一次達到這種成就啊！

以往哪有這些好事，不被經理罵到臭頭就該偷笑了。

強烈的喜悅席捲陸嘉心頭，在這一刻他深切地感受到：

自己眞的……變好運了！

□

快炒店裡人聲鼎沸，食物的香氣霸道地充斥各個角落，酒促小姐桌間遊走，端著亮麗的笑容推銷啤酒。

店內位子都滿了，陸嘉他們幾人坐在戶外。今天天氣好，抬頭就能瞧見月亮，晚上氣溫也涼爽，露天反倒顯得更有氣氛。

陸嘉對於林冰不是坐在自己隔壁頗感遺憾，但坐在對面也有好處，起碼他能將林冰的一舉一動都看得一清二楚。

「敬兩位學長，學長眞是太厲害了！」張耀翰舉高倒滿酒的杯子，主動與陳億和陸嘉碰杯，再豪爽地一口飮下。

「以後就靠你們罩大家了……小張，順便幫我倒點酒。」廖凱旋杯子往外一遞。

「學長？」林冰喝了一口柳橙汁，好奇地看向對面兩人，「陸嘉、陳億跟小張，原來是同一所學校的嗎？」

「我也是第一次知道。」劉曉涵驚訝地嚷，「你們也太有緣了吧，三人剛好都在同間公司工作！」

「妳居然不曉得嗎？」廖凱旋取笑道，「虧妳也是公司的老人了。」

「誰老啊？你說誰老？」劉曉涵是嗆辣的個性，馬上拍桌，眼刀不留情地發射。

「沒沒沒，我老，是我老，我自己罰喝一杯。」廖凱旋連忙改口，總算將劉曉涵安撫下來，「我們剛說到哪了？」

「說到我跟陸嘉、小張同校。」陳億趁大夥沒注意時，眼明手快地將幾隻白灼蝦挾到自己碗裡，「我們三個是同一所高中的，陸嘉還跟我同班三年。」

「學長那時候應該不曉得我的存在啦。」張耀翰哈哈一笑，「畢竟我進去時高一，他們都高三了。不過學長眞的很有名，在籃球隊還是王牌呢，每次打球時都會圍著一大票女生。」

「聽起來眞的好厲害喔。」林冰嫣然一笑，「肯定有很多女孩子喜歡你們吧。」

「也不算多，就十幾二十個吧。」陳億故作謙虛地說，換來大家哄笑一片。

「陸嘉呢？也是十幾二十個嗎？」林冰打趣笑道。

「我看是女朋友換了十幾二十個吧。籃球隊王牌耶！」廖凱旋替陸嘉倒酒，「王牌再來一杯吧。」

「哪有你說的那麼誇張，你當我是誰？」陸嘉含糊帶過，不想留給林冰花心的印象，「都是女同學主動靠過來，但我也沒接受，我那時只想好好打球，帶球隊贏。」

「這個我知道！」張耀翰自告奮勇地說明，「我同學因爲崇拜學長也加入籃球隊，他跟我說過八卦。當時有個學姊就是爲了追學長們才進入球隊當經理，後來還惹出一些麻煩。我記得……對對，好像是不認眞做事，只想著勾引……」

「喂喂，這種過去的事就別說了。」陳億出聲打斷，表情同時變得嚴肅，「人家女孩子也不是故意的，她只是想跟我們拉近距離，結果弄錯方式而已。」

「什麼距離？負距離嗎？」廖凱旋不以為意的取笑才剛出口，就瞧見劉曉涵變了臉色，神情陰沉沉的，就連林冰也面露尷尬，他這才意會到現場還有兩位女性。

「廖哥說的對，那個學姊肯定就只想著要負距離啦。」張耀翰卻還在大剌剌地附和，絲毫沒留意到女同事的表情越來越不好看。

陸嘉巴不得張耀翰立刻閉上嘴，他對那個球隊經理早就沒印象了，對方曾做過什麼他也不記得。但林冰肯定不會喜歡聽到這種事，說不定還會怪罪他招蜂引蝶，才會惹來爛桃花。

「小張，你喝多了。」眼看氣氛有變僵的趨勢，陳億趕緊改變話題，「等會要不要去別的地方續攤？買些宵夜也不錯啊。」

「不然買宵夜到我家坐坐吧？」陸嘉急中生智，成功轉移林冰她們的注意力，「我住的地方正好離這很近，大家可以坐一坐，醒醒酒再回去。」

時間還不算太晚，這個提議獲得了大家的同意。眾人結束快炒店的聚餐後，一起來到陸嘉的公寓。

除了陳億和廖凱旋，大夥都是第一次到陸嘉家。

他的公寓不大，只有一房一廳一衛，但勝在不是租的，而是買下來的。

聽到這是他自己的房子，眾人紛紛表露羨慕之情，畢竟買房可不是一件容易事。

「你們隨便看啊。」陸嘉大方地說，「要參觀我房間也可以，反正沒什麼見不得人的東西。」

「眞的嗎？我要看，一定要挖出學長的祕密！」張耀翰一個箭步就往陸嘉的臥室前進。

陸嘉才不管其他人，他只在意林冰——林冰竟然會在他家裡，這是他作夢都沒想過的事。

看著林冰好奇地在自己公寓裡東晃晃西逛逛，陸嘉掌心冒汗，忍不住感到幾分緊張。爲了平復自己直怦跳的心臟，他跑到廚房爲大家拿了幾瓶飲料。

滿足了參觀的好奇心後，幾人又回到客廳，電視節目作爲背景音，有一搭、沒一搭地開始聊起天。

陳億、張耀翰和廖凱旋不知不覺聊起棒球，本來還靜靜吃燒烤的劉曉涵頓時來了興趣，跟著加入他們的行列。

幾人聊得火熱，一旁的林冰和陸嘉反而被忽略了。

陸嘉正絞盡腦汁想著該用什麼話題吸引林冰，後者忽然端著飲料主動坐過來。

「都忘記問了。」林冰掛著淺笑，眼中飽含關切，「你後來有去找許師父嗎？」

「有，我上禮拜就去了。」陸嘉心頭一喜，又不敢表現得太露骨，「我覺得很有效耶，收完驚後感覺很多事順利不少。眞的太謝謝妳了，林冰，改天我請妳吃飯吧，當作感謝。」

「不用啦，這只是小事。」林冰笑著搖搖頭，「那也是別人告訴我的，能幫上忙就太好了。」

「不不，一定要讓我請一頓。」陸嘉壓低音量，免得被其他人聽到，到時又想橫插一腳，將兩人吃飯變成多人聚會。

「那，請我喝杯咖啡就行了。星巴克，很貴的呢。」林冰俏皮一笑，「千萬不能賴帳喔。」

「當然不會。」陸嘉也跟著傻傻地笑了，再次感謝好運終於願意眷顧自己。他和林冰，看樣子也不是沒機會的嘛！

陸嘉以爲從那杯星巴克之後，他和林冰之間的關係將會躍進一大步。然而沒有。

工作上，他想拉林冰協助新駿的案子，但林冰對他發出的邀請卻是面露歉意。

「不好意思喔，陸嘉，我之前先答應陳億了……加上我自己手頭上的工作，恐怕忙不過來。你再找別人好了，眞的很抱歉。」

私事上，他有幾次試著約林冰一起外出吃飯，偏偏都正好撞上林冰有事。

起初陸嘉還懷疑林冰是不是故意拒絕，可是有次在公司的茶水間，他正好聽見一名女同事在安慰林冰。

原來她母親最近身體出了問題，她急匆匆下班都是爲了趕回去照顧母親，假日自然沒什麼時間。

但不管如何，他和林冰——確實毫無進展。

這讓陸嘉不免感到焦躁，他原本想藉公事與林冰有更多接觸，可陳億先前的邀請讓他的計畫毀了。

看著陳億站在林冰身後和她討論工作上的事項，不時還彎腰指點著螢幕，那姿勢就像是將林冰半攬在懷裡，陸嘉只覺得刺目萬分。

但這還不是最糟的。

陸嘉發現自己的生活又開始不順。

胃炎復發，還變得更嚴重。明明只吃一點，胃就堵住，彷彿自己吃下的是一大頓食物。

公司的筆電突然開不了機，送修又是一筆開銷，經理明面上沒說什麼，可投來的眼神帶著明顯的不悅。

新駿的合約雖然簽下，可是人手不足，第一階段的進度比預估的慢，很可能無法如期完成。

交給經理過目的檔案，數據出現明顯錯誤，挨了一頓訓罵。

這些事堆疊在一起，簡直讓陸嘉這禮拜焦頭爛額。

不對不對，事情不該這樣的。他明明收過驚，許師父也說接下來沒什麼問題……難不成，許師父的作法失效了嗎？

陸嘉如同陷入牢籠的困獸，想要掙脫卻無能為力，只能躁鬱地在原地不斷踏步。

林冰留意到他的異狀，關切地問了幾句：「陸嘉，你最近怎麼了？」

「沒什麼，就是身體又出毛病了。」陸嘉不想在林冰面前承認工作上的連連失誤，那會讓他覺得大失面子，「大概是身體狀況不好，多少影響上班的心情吧。」

「辛苦你了。」林冰同情地說，「這真的很影響心情呢……看過醫生了嗎？」

「等這陣子忙完就會去看，畢竟工作為重嘛。妳也知道，經理對這次新駿的案子很重視，所以我一定得拿出十二萬分的努力才行，畢竟不能辜負經理的期待。」陸嘉故作苦惱地說，瞧見林冰露出佩服的眼神，心裡感到無比滿足。

可也就是如此，陸嘉更不願意自己的工作再出意外。嘗過先前的順遂滋味，他說什麼都無法容忍如今的境況。

他決定再去找許師父，對方一定知道有什麼辦法可以解決。

陸嘉再次前往紫玄宮，去的時間依舊是假日。

紫玄宮燈光亮著，玻璃門也依然敞開著，但是透過紗門往內看，廳裡卻不見許師父的身影。

「許師父？」陸嘉喊了一聲，沒有得到回應。他忍不住拉開未鎖的紗門，逐步往內走。

辦公桌上擺著曾見過的畫符道具，顯示不久前許師父應該還在。

陸嘉不確定許師父是暫時外出，或是人在屋內某一處。他在原地待了一會，猶豫自己是否該走進裡頭找人。

他之前已打電話預約好時間，照理說，許師父該不會忘記。

正當陸嘉打算再扯著喉嚨大喊「許師父」時，一道氣急敗壞的大叫驟然響起。

「難道我就沒辦法改運嗎！」

陸嘉嚇了一跳，反射性朝聲音來源處望去，發現是從走廊上的房間傳出來的。

房門半掩著，門後有光流洩出來。

陸嘉好奇地走近，從門縫間窺探到許師父就在裡頭，她對面的應該就是剛發出大叫的男人。

陸嘉心知自己不該站在外面偷聽，然而先前聽見的「改運」兩字就如藤蔓牢牢鑽進他的心裡。

我再聽一會，再聽一會就好……陸嘉這麼說服自己。他屏著氣，貼在門邊，努力捕捉房內人的對談。

男人自然不會知道外面有人偷聽，或許是情緒激動使然，讓他忘了要控制音量，拔高的叫嚷透過門板清晰進入陸嘉耳中。

「許師父，妳一定要幫幫我。我眞的受不了了，我那麼努力，每天戰戰兢兢地做事……但都比不過我另一個同事。這也太不公平了吧，我那同事也沒看他做什麼，偏偏大家都誇他，覺得他比我還優秀！」

男客人的每一字每一句都戳進陸嘉心頭，他彷彿看見了公司裡的自己。

也沒看陳億多用心做事，但經理和老闆依然對他讚譽有佳，同事們也更喜歡和他一起做事。

這一點也不公平，所有人好像都沒看見自己的努力，忽略了自己。

「你先冷靜一點。」許師父安撫，「王先生，我知道你心裡不平衡，但有時候一個人的命運已經決定好了……」

「所以我才想改運！」王先生惱怒地打斷許師父的話，「師父，妳就告訴我行還是不行！」

「這……改運不是沒有辦法，但是……」許師父嘆了口氣，語帶猶豫，「改運不像收驚那樣，簡單做個儀式就好，它比較麻煩。我剛說了，人的運從出生後就都被安排好，有時就算改了，也可能無法維持太長時間，幾個月或幾年後，運就會回到原來的軌跡。」

「那也太短了，不能更長點嗎？」王先生的急切溢於言表，「最好是一輩子！」

「想要一輩子，除非……」

「除非什麼？」

「……不不，還是算了。」許師父搖搖頭，「你當我剛剛什麼都沒說吧。」

「許師父！」王先生心急如焚，說什麼也不想錯過眼前的機會，「妳一定有辦法對吧，我們都幾年的交情了。拜託妳一定要幫我這個忙，錢方面沒有問題。」

許師父眉頭皺起，就算房內只有他們兩人，她還是放輕了音量，「與其說是改運，想要一勞永逸的辦法其實是……」

陸嘉幾乎整個人要貼上門板，深怕自己錯失許師父口中的重要訊息。他不由自主地停止呼吸，甚至有些惱火自己的心跳聲過大了，說不定會害他聽不清楚。

幸好許師父的聲音還是沿著門縫飄了出來。

她說：「換運。」

陸嘉回過神來時，人已坐在大廳的椅子上。他的心臟怦怦跳，手腳有些發軟，可腦袋卻是前所未有的清晰。

他沒有躲在房間外聽完全部，但該聽的重要內容一個都沒漏下。

許師父對那位客人提出的解決辦法是換運。

顧名思義，就是把別人的好運換過來。

但這種法術一旦施展，會影響施術者的身體，因此許師父一般不會採用。

而換運的價格自然非同小可。

陸嘉聽到數字時，心尖跟著顫了幾下。

那幾乎是他一整年的薪水。

換作平常，陸嘉絕不會考慮這種事的。這筆錢要是砸下去，他接下來的生活都得勒緊褲帶。

可是……

陸嘉攥緊了拳頭，想起林冰對自己露出的敬佩眼神，想起經理的誇獎，還有……陳億自信滿滿，一副隨時能勝過自己的模樣。

他好不容易終於獲得機會，可以施展真正的實力，讓所有人刮目相看。如果這次不成功，那他接下來恐怕升遷無望了。

經理看他的眼神會像看待一塊朽木，還會再拿他和陳億比較。

「都是同個學校出來的，陸嘉你是怎麼搞的？你不行啊，差陳億也太多了。」

陸嘉好似能看見經理失望不耐的表情。

還有林冰。

林冰也會覺得自己不是個值得尊敬的前輩吧，說不定還會與自己拉開距離。

這些想像一旦浮上，陸嘉頓覺一股寒意從腳底直衝腦門，令他眼前一黑。

不行，絕對不能讓這些事情發生！

陸嘉深吸一口氣，眼底閃動陰鬱的光，這一刻，他在內心下了個重大的決定。

當他聽見房內傳出椅子拉動的聲響，他知道許師父和那位客人要出來了。他左右張望了下，還是一個箭步靠近屋子大門，再輕手輕腳地拉開紗門。

等許師父和王先生走出房間，瞧見的正好是陸嘉準備從外進來的一幕。

「師父不好意思，因為路上塞車，我來得有點晚。」陸嘉露出歉意的笑容，彷彿他眞的才剛抵達紫玄宮。

「許師父，既然妳還有客人，我也不再打擾了。」王先生和許師父道別，和陸嘉擦身而過。

陸嘉下意識多看了王先生幾眼，對方的身高體格與自己差不多，穿著一件卡其色大外套，戴著一頂帽子，臉上還覆上口罩，讓人看不清他的面容。

陸嘉多看了那件似曾相識的外套幾眼，他記得是名牌貨，曾見陳億炫耀多次。

在王先生察覺到自己的目光之前，陸嘉快速地轉過頭，正視前方。

許師父端起笑臉，招呼著陸嘉坐下，「陸先生，你這次來有什麼問題嗎？上次收驚完後有什麼改善嗎？」

按照陸嘉原先的計畫，他想請許師父再爲他收驚一次，然而方才偷聽到的談話內容，已徹底讓他改變主意。

陸嘉回頭望了望外面，確定沒看見王先生的身影，他的身子微微往前傾，音量壓低。

「師父，我想請妳幫我……換運。」

「……你在說什麼呢？」許師父眼中閃過一瞬錯愕，可臉上仍掛著和善的笑容，她笑笑地想輕巧帶過這個話題，「人的運……」

「妳想跟我說運是天生註定好的，沒辦法改動嗎？可是……」陸嘉也咧開笑，慢吞吞地亮出底牌，「妳剛才對王先生，可不是這麼說的。」

許師父這下繃不住表情，瞠大的眼中流露震驚，似乎不明白對方怎會知道房內的密談。

可緊接著一個念頭閃現，許師父顯然意識到自己犯了一個先入爲主的錯誤。

他說他剛剛才到紫玄宮……他眞的有晚到嗎？

「你早就來了。」認知到這個事實，許師父反倒冷靜下來。她摘下眼鏡，眉眼、嘴角斂了一貫親切的笑意，神色平淡地直視陸嘉。

「許師父是聰明人。」陸嘉也不浪費時間在兜圈子上，直接切入正題，「我也想要換運，錢我會拿出來的，許師父只要幫我作法就可以。要是妳不願意，或許我會不小心把今天聽到的談話說給別人聽。」

「你這是在威脅我嗎？」許師父身子繃緊，眼神嚴厲。

「妳這樣說就不對了。」陸嘉也不想把人逼得太緊，畢竟換運這件事還得靠許師父出手幫忙，「我這是介紹生意給師父啊。難道送上門的生意，妳想要推掉嗎？不覺得太可惜嗎？」

許師父沒有立刻回話，但陸嘉從她猶豫的神情中看得出她動搖了。

他再加把勁，「只要師父願意幫我，我絕不會把換運的事說出去。再怎麼說，都是同一條船上的人，我怎麼可能會洩露祕密呢？」

許師父還是沉默以對。

陸嘉也不催促，只是耐心等待。

「……施展這個法術，對我身體的負擔很大。」終於，許師父慢慢開口了，「尤其是連續替兩人作法。」

陸嘉一聽許師父這話，就知道事情大抵成了，他極力壓抑著表情，不讓嘴角咧得太大。

「既然你剛都偷聽到了，那麼應該也知道換運的費用。」許師父慢條斯理地說，「不打折，沒有砍價餘地，訂金十萬必須先付。施完法術十天後，再付清尾款。」

即使做足了心理準備，陸嘉一聽到十萬還是感覺肉痛。但只要再想到能將某人的好運換至自己身上，他又覺得值了。

「但要怎麼確認我真的成功換運了？」陸嘉可不想最後變成平白無故被敲一大筆錢。

許師父笑了，「你如果心存懷疑，這時候改變主意也來得及，不須勉強自己，我會當作沒這回事發生。當然，要是施完法術後你又反悔，我也還是願意再出手，不過訂金不會退還，尾款也必須照付。你好好想清楚吧，你不用馬上就回答我。陸先生，你可以先回家考慮考慮。」

「不用考慮了！」陸嘉想也不想地脫口喊道。

陸嘉知道這無疑是場豪賭，可想到許師父之前展現的能力，加上這幾日諸事不順讓他心煩意亂。

陸嘉閉了下眼再睜開，不再給自己猶豫的時間，他二話不說地做出決斷。

……賭了！

「想要換運，必須先確定好目標，再將目標常用的私人物品、頭髮，以及農曆生日交給我……」

假日很快過去，許師父當日的吩咐依舊徘徊在陸嘉耳邊。

陸嘉有一下、沒一下地按著滑鼠按鍵，看似在檢查電腦螢幕上的表格，可眼角餘光卻時不時往旁飄去。

那裡是陳億的座位。

打從「換運」這個字眼深深紮根在陸嘉心裡後，陳億就成了他的目標。

他想要陳億的運，他要成爲公司裡最受注目的重要人物，他要林冰的注意力都停留在他身上。

既然如此，他就要想辦法收集陳億的頭髮和私人物品。

農曆生日反而是最簡單的，誰讓陳億的生日和他是同一天，他只要換算一下就能知道。

頭髮也不算太難，只是得多加留意。

陳億在公司有著極佳的人緣，同事們時常在他身邊來來去去，假如隨便撿拾他位子附近的頭髮，很有可能撿到別人的。

陸嘉盯得有些心焦，但他也不能貿然上前，直接扯下陳億的頭髮，鐵定會被人當神經病，他只好竭盡所能地耐心等候。

也許好運這一天站在陸嘉這邊，在他盯得眼睛發酸之際，他看見陳億撓撓頭，幾根頭髮頓時跟著輕飄飄地落下，正好落到木頭地板上。

陸嘉心中竊喜，馬上故意讓自己的原子筆從桌上滾落，他再趁機彎身撿起，同時也飛快地把那幾根頭髮捏在掌心裡。

頭髮有了，農曆生日也有了。

接下來，就是陳億的私人物品。

許師父曾鄭重交代，私人物品必定得是目標時常使用或貼身帶在身上的，如此才有效果。

若只是一般私人物品還容易，偏偏許師父說的是「時常使用」或「貼身攜帶」。反讓陸嘉陷入苦惱。

與陳億在高中當了三年同學，進入公司後又坐在隔壁，陸嘉多少摸清了對方的性子。

陳億有潔癖，還有點強迫症，習慣將大部分東西收進抽屜裡。他的辦公桌和其他人相比，可說空蕩得過分，只擺著電腦、幾枝筆，還有一個慣用的馬克杯。

而那幾枝筆是特定品牌，不是書店隨處可見的原子筆。筆桿上更貼著姓名貼紙，讓人一看就能清楚擁有者的身分。

要是從桌上東西下手，對方一定很快察覺到不對勁。

陸嘉也不是沒考慮過暗中翻動陳億的抽屜，可陳億下班時會將抽屜上鎖，就算他想趁其他同事還沒進公司前偷翻，也沒辦法。

平時沒太多感覺，只覺得陳億龜毛，但現在陸嘉覺得陳億根本是有毛病，害他想要拿個東西都無法輕鬆到手。

想來想去，陸嘉最後盯上了陳億的馬克杯。

杯子是陳億在星巴克買的，那個標誌實在太好辨認。

陸嘉上網查了下，發現那個杯子是之前的限量商品，實體店家可能買不到了，但網拍上還能找到。

陸嘉找了個發貨日最快的賣家，三天後順利收到馬克杯。

隔天陸嘉起了個大早，特地提前一小時到公司。辦公室裡果然空無一人，安靜得不可思議，猶如突然踏入另一個世界。

陳億的杯子就擺在電腦旁邊。

陸嘉不知道什麼時候會有人來，不敢耽擱時間，快速拿出自己從網路上買來的杯子，與陳億的馬克杯調換。

等到杯子好好地躺在自己背包內，陸嘉的一顆心還不敢完全放下。他瞄著手機上的時間，只希望上頭的數字能跑得快一點。

最好幾個眨眼，就已經來到上班時間。

陸嘉待在自己的位子上有些坐立難安，好似他的椅子長滿小刺，讓他不時就扭動一下身子，只覺得時間過得無比漫長。

好不容易，陸嘉終於聽到大門被開啓的聲音——有同事到了。

「咦？陸嘉？」那人一走進辦公室，還以爲自己眼花，「你今天怎麼那麼早？」

要知道，陸嘉以往遲到居多，能剛好準點到，對他而言都叫早。

「有工作，先過來處理……」陸嘉含糊帶過。

陸續有其他同事進來，接著陸嘉等著的人也終於出現。

「早啊，陸嘉。」陳億拉開椅子，打開電腦，「眞難得你比我早。」

陸嘉仍搬出同樣理由糊弄，他表面看似鎭定，其實一直在觀察陳億的一舉一動。

他看見陳億把包包往椅子上一擱，習慣性拿起馬克杯，準備先泡杯咖啡提神。

直到陳億的身影消失在辦公室，陸嘉才眞正地放下心。

在沒人看到的角度，他的嘴角大大地咧開。

立在一邊的手機螢幕上，映出了陸嘉得意又激動的扭曲笑容。

陸嘉將換運法術要用的東西交給許師父後，又過了一個禮拜。

期間他按捺不住，幾次打電話催問對方進度。

他訂金已經轉過去了，那可是十萬塊、十萬呀！既然收了錢，就該把事情做好！

面對陸嘉多次催促，許師父的回應都是一樣——施法需一段時間，法術成功後，她自然會通知。

許師父給出的期限不至於太誇張，她保證，最晚十天內，換運法術就能完成。她要陸嘉別太心急，耐心等通知即可。

雖說有了一個期限保證，可陸嘉這陣子簡直度日如年。

陳億的業績蒸蒸日上，大家都說副理的位子恐怕非他莫屬了。

相較起來，陸嘉雖然拿下新駿的案子，但過程中屢出差錯，他不僅得承受客戶的不滿，還得一再面臨經理嚴厲的質問。

當陸嘉又一次灰溜溜地從經理辦公室走出，他敏感地感覺到原本吵雜的空間安靜了一瞬，無數目光落至他身上。

即使相當短，陸嘉看見了那些視線飽含著憐憫、嘲笑，或是失望。

還有林冰。

那個漂亮的女孩端著杯子，驚訝地看著灰頭土臉的自己。

陸嘉體內彷彿有股熱度往上直衝，讓他的頭皮快炸開。他垂下頭，幾乎是落荒而逃地與林冰擦身而過，逃出這個令他窒息的辦公室。

陸嘉躲到了廁所隔間，他粗重地喘著氣，用力一拳砸上牆壁。但怒氣沒成功發洩，反倒指關節的疼痛令他扭曲了臉。

「啊！幹！」陸嘉氣得大吼一聲。

這聲冷不防爆出的吼叫讓男廁內其他人嚇了一跳，手一抖，差點失去準頭，頓時不爽地回罵。

「拉屎發什麼瘋啊！媽的神經病！」

聽著外面那人罵罵咧咧，陸嘉剛竄起的怒焰立即被澆了一盆冷水，完全熄滅。他不敢再製造聲響，就怕外面的人找麻煩。

陸嘉可沒忘記，他們這層樓有間做直播的公司，裡面的人個個看起來像在道上混的，身上大片刺青格外醒目。

陸嘉一點也不想惹麻煩上身。

幸好那人罵了幾句，洗完手就離開廁所，男廁內一時不再有其他動靜。

陸嘉不敢馬上出去，萬一對方還沒走遠，看見他該怎麼辦？他只好憋著一股鬱氣，繼續坐在馬桶上。

等陸嘉重新站起，腿都有點麻了，痠軟滋味令他的五官再度扭曲。他伸手抵著門板，齜牙咧嘴地等著不適感退去。

就在這時，陸嘉的手機無預警響起。突來的音樂嚇得他一震，半晌後才反應過來是自己的手機鈴聲。

陸嘉趕忙掏出手機，待看見螢幕上顯示的名字，原先積壓在心中的負面情緒瞬間如霜雪融化。

——打電話來的人是許師父。

陸嘉手指微微顫抖，隱約有個猜想，自己接下來將會獲得一個天大的好消息。

他的猜測果然是正確的。

許師父的聲音聽起來相當疲憊，但陸嘉一點也不在乎她的狀況，他唯一在意的只有許師父說出的關鍵幾字。

她施法完成了。

但不是即刻生效，須耐心等到明天上午九點，換運的法術才算眞正大功告成。

「爲什麼要等到明天早上？」陸嘉對此相當不滿，「不是應該要立刻實現嗎？憑什麼還要我等那麼久？」

許師父說話語速極慢，和她平時的優雅不同。她現在就像氣力用盡，每說一句話還會咳個幾聲，如同久病纏身的病人。

「在對方的好運流向你的同時，你自己的運必須先放乾淨，否則要怎麼迎來新的運呢？」

在許師父的解釋下，陸嘉總算弄明白了。

從現在開始，他的運會開始流失。同時被換運者的好運勢，亦會如扭開的水龍頭，源源不絕地往陸嘉體內湧進。

等到明天早上九點，雙方的運勢就會徹底轉換。

從此陸嘉擁有的就是陳億的運了！

只是在兩邊運勢完全交換之前，陸嘉很可能會遇上一些……令人匪夷所思的事。

許師父是這麼警告的。

由於運在流動，人身上的陽火也會跟著被影響。人的肩上和頭頂有著三把火，就是俗稱的三昧眞火。

三昧眞火不穩定，便容易招來孤魂野鬼，也容易看見平時看不見的東西。

陸嘉雖然相信收驚、改運換命之類的事，可牽扯到鬼魂，他卻是抱持著半信半疑的態度。

在他看來，世上哪可能有鬼？

不過既然許師父言之鑿鑿，陸嘉也不想在這時和對方有口舌之爭，他敷衍了幾句，渾然不將許師父的警告放在心上。

怪事是在陸嘉回家後發生的。

自下午接到許師父的電話，得知換運法術施法完成，陸嘉一整天就難以靜下心來。他心不在焉，連同事過來和他確認進度，他也直接打了個馬虎眼帶過。

即便經理對著他又是一頓訓話，陸嘉也是一副死豬不怕開水燙的態度，任憑那些平時會令他惱羞的句子左耳進、右耳出。

罵吧罵吧，反正等到明天早上，我的人生就會翻轉過來了。

還沒到下班時間，陸嘉隨意掰了個理由早退，揹著包匆匆離開公司，只想回家等待陳億的運流至自己身上。

平常陸嘉都會摸到半夜一、兩點才睡，但他迫不及待明天能立刻到來，乾脆洗完澡就直接上床睡覺。

到時一覺過去，他和陳億的運也差不多交換完成。

或許是太過亢奮，睡意遲遲不肯到來。陸嘉翻來覆去，精神卻是格外清醒，最後只好強迫自己閉眼數羊。

數著數著，意識總算漸漸渙散，陸嘉不知不覺睡了過去，還作了一個美夢。

夢裡林冰對他露出嬌羞的笑容，老闆、經理和同事都看重他，陳億則是一臉頹敗，再也壓不了他的風頭。

這場夢太美好了，陸嘉不自覺咧開笑。他翻了身，枕頭不知不覺從他腦袋後跑到他懷抱裡。

他抱著枕頭，無意識地發出嘿嘿嘿的笑聲。

美夢仍在持續，林冰站在他身旁，看著他幹練地處理工作，不時嬌聲誇讚。

可下一秒，他的電腦螢幕無故轉黑，不論他怎麼按開機鍵都毫無反應。

林冰的讚美也跟著停住，改成不住催促。

「怎麼不工作了？認真工作的男人最帥氣了！你快點啊，陸嘉你怎麼不快點工作？你再不工作我就要走了喔，我要去看陳憶工作了！」

眼見林冰準備離去，陸嘉心裡焦急，戳按著電源開關的動作變得粗暴。

終於，「滴」的一聲，電腦成功開機。

陸嘉面露欣喜，連忙喊住林冰，但電腦風扇運轉的聲音卻越來越大。嗡嗡嗡的聲響蓋過了他的喊叫，甚至變得震耳欲聾。

「林冰！」

陸嘉大叫一聲，從夢中驚醒過來。

但緊接著他意識到不對勁，夢中的風扇嗡嗡聲……為何此刻會出現在他耳邊？

再下一秒，陸嘉發現房裡多出異常亮光。

赫然來自旁邊書桌上的電腦。

陸嘉猛地從床上坐起，錯愕地看著亮起的螢幕。冷白色的光線在黑暗中顯得格外蒼白陰森，被光源投映在周遭的影子彷彿連帶變成張牙舞爪的怪物。

陸嘉記得自己睡前關了電腦，現在爲什麼會自動開機？

他想不明白，趕緊掀被下床，想重新關機，然而才剛接近書桌，就見到螢幕上接連跳出多個視窗，密密麻麻地塞滿桌面。

電腦前分明沒有人，可彷彿有隻看不見的手在操控著一切。

下一剎那，偌大的鮮紅色字體跳躍出來，血淋淋地在陸嘉眼前晃動。

你不是一個人

陸嘉險些失聲尖叫，他緊閉著嘴唇，手腳發冷，要不是還扶著桌子，只怕早就雙腿發軟，一屁股跌坐在地。

陸嘉想起了許師父的警告，想到她說自己今晚或許會見到一些匪夷所思的景象。

不可能、不可能……世上怎可能有鬼？

陸嘉拚命在心中說服自己，可寒意依舊控制不住從後背竄上，猶如一條冰冷毒蛇攀附其上，激得他一身雞皮疙瘩。

紅字持續在螢幕上跳動，像是汩汩淌下的鮮血。

陸嘉深吸一口氣，一個箭步衝到插座旁，直接拔掉了電腦插頭。

螢幕瞬間暗下，風扇的嗡嗡聲也跟著消失。

房內又恢復寂靜。

陸嘉粗重地喘著氣，一屁股跌坐回床鋪。他以爲事情就這樣結束了，卻沒想到剎那後，一陣幽細的叫聲進入他耳中。

陸嘉剛開始沒多想，只以爲是屋外野貓在叫。

有些貓的叫聲乍聽之下像是嬰兒啼哭。

陸嘉抹了把臉，想去廚房倒杯水。然而當他走出房間，猛地發覺貓叫聲變得更清晰了。

彷彿眞的有貓躲在客廳某個角落，不停發出尖細喊聲。

陸嘉身子僵住，雙腳像生了根，不知該前進還是後退。

貓叫聲仍在持續，一聲比一聲響亮。

不對，這根本不是貓叫……是嬰兒的哭聲！

當意識到這個事實時，陸嘉的頭皮要炸了。他全身血液倒流，客廳裡的溫度尚且宜人，可他卻如墜冰窖，身體控制不住地顫抖起來。

幽幽細細的哭叫聲好似永遠不會停歇，抽噎地迴盪在陸嘉耳畔。

「噫……啊啊啊！」

陸嘉早就忘記自己走出臥室是要做什麼了，他連滾帶爬地衝回房間，把門上鎖，一爬上床馬上用棉被蓋住全身，躲在被窩裡默唸著他以往不信的佛號。

陸嘉不知道自己是什麼時候睡著的。

當他清醒過來，發現自己躺在床上，棉被早就被他踢到一邊，擱在床頭上的手機正「嗶嗶嗶」地響動著。

陸嘉呻吟一聲，探出手按掉鬧鐘，眼一閉又想再睡過去。

可剛沾到枕頭，他霍然瞪大眼，準備躺平的身子也跟著彈震起來，昨夜的記憶一口氣回籠。

自動打開的電腦、嬰兒的哭聲……

他昨晚眞的……撞鬼了！

陸嘉先前沒相信許師父的警告，然而經歷了昨天離奇的遭遇，他再也不敢鐵齒地說世上沒鬼了。

最重要的是，一切發展確實如許師父所說。

他的運流動出去，陽火就會跟著不穩，讓他容易碰上孤魂野鬼。

同時這也證明了，換運的法術正在運轉。

陸嘉連忙撈過手機一看，才八點出頭，離上班時間九點，還有近一小時。

換句話說，再過一小時，他就擁有全新的運了！

狂喜瞬間席捲陸嘉心頭，亢奮難耐的情緒如同野草瘋長般，昨晚的驚嚇轉眼被他拋諸腦後。

況且許師父也說過，那種經歷不過是短暫的，如今將擁有新運的他不會在白日見到不科學的事情。

爲求謹慎，陸嘉把電腦插頭插回去，按下電源鍵。畢竟是台舊電腦了，風扇運轉聲明顯，隨著嗡嗡聲響起，螢幕也顯示出正常畫面。

是陸嘉看習慣的藍天白雲桌面，而不是昨晚讓人怵目驚心的黑底紅字。

陸嘉鬆口氣，關掉電腦，抬頭看向房門。他小心地挪步過去，先是貼著門板側耳傾聽，確定沒異聲後，再小心翼翼拉開門。

客廳裡安安靜靜，沒有任何異狀。

太好了……陸嘉這下子總算放下心來，踩著輕快的步伐前去盥洗，鏡子上倒映出他藏不住的笑臉。

陸嘉今天也是踩著點抵達公司，不若以往的有氣無力，他覺得今天的自己就像被注入了無窮精力。

「早安！」陸嘉走進辦公室，他都想好自己不能表露得太明顯，不能用憐憫的眼神看著陳億。

可他沒想到，隔壁的座位會是空的。

陳億沒來。

陸嘉感覺自己像被潑了一盆冷水，蓄起的力道一時找不到地方發洩。

「陳億請假嗎？」陸嘉只好問向另一側的同事。

「嗯？我不知道啊。」同事一臉迷惑，「他跟你不是好兄弟嗎？他沒跟你說？」

「可能……他忘了吧。」陸嘉打哈哈帶過，想了想，還是拿出手機，傳訊息給對方。

你今天沒進公司？

陳億的回覆一會後才跳出來。

身體不舒服，請假看醫生。

陸嘉看著手機上的那行字，一股難以言喻的惱怒竄湧上來。

陳億怎麼可以請假？

陳億沒來公司，他要怎麼展現自己的優越感，他就是想在陳億面前狠狠地壓對方風頭啊！

沒了可以炫耀的對象，陸嘉原本的驕傲喜悅瞬間像漏氣的氣球，「咻咻咻」地消風了。

他鬱悶地彈了下舌，打開電腦，只好先投入今天的工作。

沒過多久，陸嘉注意到辦公室的人聲似乎變小，接著他身旁罩下一道陰影。

陸嘉反射性抬起頭，看見經理臉色難看地俯視著自己。

陸嘉心裡咯噔一下，不妙的預感如警報在他腦內瘋狂作響。

他認得出經理的這種表情，是對方發飆的前兆。

但爲什麼……

不等陸嘉理出頭緒，經理猛然一掌拍上他的桌面，聲音裡是藏不住的怒火。

「陸嘉，你這幾天到底在幹什麼？不想幹大可以直說，我馬上批准你的離職！」

經理雖然時常在公司大動肝火，但像現在這樣還是頭一遭。

不只是辦公室的人看傻了，陸嘉自己也傻了。

「經、經理……你是什麼意思？我怎麼可能……」陸嘉慌亂無措地擠出聲音，「你是不是誤會……」

「誤你……」經理霍地吞下來到嘴邊的髒話，他環視周圍一圈，那些偷看的目光迅速齊齊縮回去，「反正你跟我進辦公室，現在馬上進來，聽見沒有！」

「是、是！」陸嘉蒼白著臉，手忙腳亂地從座位上站起，瑟縮地跟在經理後方。

一走進經理辦公室，對方劈頭就是一頓口沫橫飛的大罵。

「我把新駿的案子交給你負責，就是信任你的能力，結果你他媽的又給我捅出婁子！你眞行啊，陸嘉，你他媽的眞行啊！扯後腿根本就是第一名！」

「什……新駿那邊出什麼問題了？」陸嘉茫然發問。

但這態度讓經理更加火冒三丈。

「你連出問題都不曉得，你這負責人是幹什麼吃的？數據出包，進度沒達到，就連和客戶那邊的核對也沒做到，還遲到早退！你來公司就是進來摸魚混吃等死的嗎？啊？我今天一早就接到新駿的電話，人家抱怨我怎麼會找個菜鳥給他……你聽聽，菜鳥，我都沒臉解釋說你才不是什麼菜鳥，你這豬腦袋都進公司兩年以上了！」

「經理我……我不是……」陸嘉被罵得懵了，腦中一片空白。他想辯解，卻怎樣也拼不出正確語句，曾經簡單的音節這一刻成了陌生的存在。

「你閉嘴！」經理對陸嘉的解釋一點興趣也沒有，他鐵青著臉，看著站在面前的年輕人，對他曾有過多少期待，如今失望就有多少，「新駿那邊你先停下別碰了。」

「經理！」陸嘉不敢置信地大叫。

「我會跟老闆好好討論，到時是要你繼續做，或是滾出這案子……你只要等著收通知就好。」經理連多看陸嘉一眼都懶，他擺擺手，語氣不善地趕人，「出去。」

陸嘉捏緊拳頭，雙腳卻不肯動彈一步，臉上全是不甘和忿忿。

「還不出去？」經理對陸嘉耐心全失，隨手抓起桌上的一本書就往他腳邊砸去，「滾！」

來公司前，陸嘉懷抱著多大的雄心壯志，此刻遭受的打擊就有多大。

他像失了魂似地回到座位，簡直不敢相信剛才發生的事。

他很可能……要被踢出新駿的案子了。

他花費那麼多的心思，經理爲什麼就像沒看到一樣？還有新駿的人，他們憑什麼打電話過來抱怨？

他都那麼努力了，他們的眼睛是瞎了嗎？

屈辱和憤怒在陸嘉肚中燃燒，不一會成爲一團熊熊烈火，好似要將他吞噬殆盡。

陸嘉神色陰沉，手背青筋一條條迸出，他握著滑鼠的手勁像是想把它狠狠捏碎。

太衰了、太衰了……這不對，這根本不對！

他都把陳億的運換到自己身上了，爲何還會發生這些鳥事？

他不是該從此一路順遂的嗎？

「喂，陸嘉，你還好吧？」旁邊的同事壓低聲音問道。

「我沒事，不用你管！」陸嘉大聲吼回去，辦公室陷入剎那死寂。

同事本來也是好意關心幾句，結果卻遭這種態度回應，臉色不甚好看，悻悻然地退回自己的位子。

陸嘉想不明白是哪裡出了問題，他唯一能確定的是……他要去找許師父。

許師父一定知道怎麼解決！

陸嘉等不到下班了，午休一到，不管中餐還沒吃，直接騎車就往紫玄宮趕去。

剛來到紫玄宮外，陸嘉便瞧見許師父的身影。後者提著水壺，正在爲門前盆栽澆水，她的氣色看起來比先前憔悴，臉上也失了不少血色。

許師父一見陸嘉急奔過來，不禁流露幾分疑惑，「陸先生，怎麼了嗎？」

「根本沒用！」陸嘉在公司憋了一肚子氣，如今終於找到發洩口。他拔高音量，咄咄逼人，「妳不是說今天早上九點就能換成功嗎？爲什麼該死的一點用也沒有！」

陸嘉過大的音量在小巷內迴盪，同時引來附近鄰居詫異的視線。

許師父見狀況不對，擔心引來更多注目，連忙先將陸嘉帶進紫玄宮。

「你先喝杯茶，冷靜一下。」許師父將茶杯放在陸嘉面前，再拉上玻璃門，隔絕來自外界的打量，「等你冷靜下來了，我們再談。」

陸嘉仰頭飲盡茶水，放下杯子的力道極重，在桌面敲出響亮聲音。

「現在就談。」陸嘉咬牙切齒，看向許師父的目光不善，「妳是不是施法出錯？」

「不可能。」許師父斬釘截鐵地否認，「我做這行那麼多年了，沒有出過一絲差錯。陸先生，你是不是哪裡搞錯了？」

「我怎麼可能搞錯？」陸嘉怒從中來，「我今天進公司差點被踢出自己負責的專案，經理還嘲諷我叫我別幹了……這他媽的叫改運？這他媽的叫衰小吧！許師父，妳該不會施法時出錯，陳億的運沒換到我身上，反而把不知道誰的運換到了我身上！妳最好說清楚，我可是付了十萬訂金！」

「陸先生，照你的說法，你說的那位陳億……運很好對吧。」許師父蹙起眉，眉心現出一道深深摺痕。

被人當面質疑能力，她心中浮上些許不悅，可還是儘可能耐著性子，幫陸嘉釐清來龍去脈。

「對。」就算陸嘉不想承認，但要是陳億運不好，他就不會跟對方換運了。

「法術我確定有完成，過程也沒出錯，我不會粗心到弄錯目標的生日。」許師父梳理著一條條線索，試圖找出問題在哪，「既然我這都沒錯，最有可能……」

「最有可能怎樣？」陸嘉一顆心跟著提起來。

許師父抬眼，眸光銳利，「是你這邊的問題。」

「我？我這邊哪會有什麼問題？」陸嘉大感荒謬之餘，亦覺得惱火，認為許師父分明在推卸責任，「我警告妳，妳錢都收了，要是敢給我擺爛……」

「陸先生，請你冷靜。」就算面對陸嘉高漲的怒氣，許師父依舊平靜回應，「我話還沒說完，你的出生時辰也給我。」

或許是受到許師父態度的影響，陸嘉被怒火沖昏頭的腦子稍微冷靜下來，「是晚上七點多，陳億也一樣。」

「既然是同個時辰，那麼照理說更不該出問題……」許師父仔細思索，一會後站起身，盛了一盤米放至供桌上。

許師父點起香，口中快速喃唸著陸嘉聽不清的一串話，淡白色的煙霧裊裊升起，好似要模糊她的面容。

陸嘉不敢貿然打斷，只能耐著性子等候。

許師父將香插進香爐，又在蒲團上跪下，一拜、二拜、三拜。

完成整個儀式後，她重新站起，慎重地撥弄著供桌上的米盤。

陸嘉迫不及待，可又不知道現在靠過去會不會打斷許師父。他見對方唇線越抿越緊，表情也漸漸轉為嚴肅，緊接著幽幽嘆了一口氣。

「怪不得……」

「什麼？什麼東西怪不得？許師父妳到底看出什麼了？」陸嘉再也坐不住，一個箭步上前，他試著想弄清米卦的含意，但看來看去只看到一堆凌亂散開的白米。

「法術的確成功了，你和對方的運也確實調換過來。」許師父慢慢地說，「但問題就出在……你換的是你本來的運。」

陸嘉起初無法理解許師父說了什麼，他甚至懷疑自己聽錯了。

什麼叫他本來的運？

他換的不是陳億的運嗎？

而許師父接下來說的話，對陸嘉無疑是晴天霹靂。

「我只能看出一個大概的時間，大約在五、六年前——你的運曾被換過一次。」

「換……換過？」陸嘉像鸚鵡學舌，重複著那令人難以置信的字眼。

「對。」許師父沉重地點點頭，「從卦象來看，你本該是一路順遂，還有貴人加持，但從今年會略顯頹勢，之後開始轉成平庸，時有不順。而替換至你身上的運，則是剛好相反。先是一波三折，路途多有崎嶇，但來到今年就會開始爬升，越到後面，衝勁越加十足。」

「那不是很好嗎？」陸嘉眼神一亮，「也就是說我今年就會時來運轉，升職加薪都是唾手可得？」

許師父憐憫地望著陸嘉，給他當頭棒喝，「你忘了？那個運今早被替換走了……你現在是原本的運了，陸先生。」

陸嘉彷彿從天堂被拽入地獄，他瞪大雙眼，傻愣愣地看著許師父。

許師父又重複一遍，「你自己把好運換掉了。」

這一刻，陸嘉像是聽不見外界的聲音，如同陷入天旋地轉中，眼前猝然一片黑。他的身體晃了晃，差點向前一個趔趄。

「陸先生！」要不是許師父及時攙扶，陸嘉可能就要一頭往前栽倒，「陸先生，你還好嗎？」

「我……」陸嘉耳邊像有耳鳴聲嗡嗡作響，吵得不得了。他粗重地大喘幾口氣，向後連退幾步，一屁股坐回椅子上。

他把自己的好運換掉……如果他什麼都不做，只要撐過這陣子，一飛衝天的就會是他。

可是現在，一切都毀了。

都是陳億害的……是陳億這個無恥小人！

怪不得，怪不得陳億剛進公司就是備受上層期待的新人。

而自己呢？自己不管做什麼都會招惹經理怒罵，同事與自己不親近，林冰對陳億比對自己好。

還有，唸大學時也是諸事不順，陳億卻聽說混得如魚得水，不只系學會會長，還當上了學生會會長。

如果不是陳億當時偷換自己的運，陳億經歷的那些本該屬於自己。

我替陳億揹負了這個爛運，而現在……居然還傻傻地把好運換回去給他！

陸嘉呼吸加重，雙眼充滿血絲。

都是陳億那個該死的小偷，佔盡了兩邊的好處，害他什麼也得不到！

明明是我的，都該是屬於我的！

「求求妳了，許師父！」陸嘉如今就像溺水之人，只能死死地巴住眼前的浮木不放。他猛地抓住許師父的手，歇斯底里地要求，「妳一定要再幫我，妳一定要幫我把屬於我的運換回來！」

「這……」許師父微露躊躇，「我很同情你的遭遇，但之前的換運法術已經讓我傷了不少元氣……」

「我這幾天立刻轉尾款給妳，再多加五萬！再多五萬可以吧！」陸嘉激動地嚷。

「陸先生……」許師父被陸嘉失控的勁道抓得手疼，她用力抽回自己的手，與對方拉開一小段距離。眼看陸嘉又要追上，她揉揉眉心，「你讓我再想一想。」

見或許還有轉圜餘地，陸嘉馬上閉嘴，就怕自己多說讓許師父改變主意。

許師父沉思片刻，在陸嘉的提心吊膽中，給出了一個正面的答覆。

「這事畢竟罕見……就當一次售後服務吧，不跟你多收錢，我會替你再換一次。但你要記得，換運法術是有限制的，一個人滿三次後，我就再也無法施展。例如這位陳億，他的命盤顯示至今已有三次痕跡，也就是說加上你誤換的這次，這個人已經無法再主動換運了。」

「好的、好的！」陸嘉用力點頭，只要能把自己的好運換回來，他什麼都願意。

「要準備的東西和上次一樣，等你收集好，再拿來給我吧。就先這樣，我要休息了。」許師父按著額角，流露一絲疲態。

「許師父妳好好休息，我就先離開了。」與許師父道別，陸嘉趕緊用最快速度趕回公司。

他今早才被經理不留情面地訓斥，若超過午休時間才回去，恐怕經理在內心又會記上一筆。

這種關鍵時刻，即使陸嘉再怎麼散漫，也不敢拿自己的工作開玩笑。

陸嘉一路闖了幾個紅燈，總算在午休時間內回到公司。

他剛走進辦公室，就看見陳億蹲在他的座位底下像在摸索什麼。

這似曾相識的一幕讓他瞳孔收縮，想也不想地大步上前，「陳億，你在我座位幹什麼！」

「啊？」陳億抬起頭，結果一時沒注意，腦袋直接撞上桌底，「好痛！我在撿筆……我的筆剛滾到你桌子下了。」

像要證明自己所言不假，陳億舉起手中的筆，讓陸嘉看個清楚。

「只是撿個筆而已，你以爲我要幹嘛？」陳億站起身子，對陸嘉的大驚小怪不以爲然，「總不會以爲我要炸了你桌子吧？」

「你今天不是請假嗎？」陸嘉生硬地轉換話題，他垂下眼，不與陳億視線接觸，免得心中壓抑的怒火忍不住爆發。

偷自己運的小偷就在眼前，他恨不得能一拳砸向陳億的臉。

可是不行。現在動手，吃虧的只會是自己。

他還不能跟別人說陳億是個卑鄙的小人，沒人會信的。更重要的是，他不能把自己也去換運的事說出來。

「我請半天而已。」陳億聳聳肩，坐回自己的位子，「聽說你今天被經理削了一頓？你也太慘了吧。」

陸嘉臉色一僵，覺得陳億簡直是哪壺不開提哪壺，一開口就戳他傷口。

「要不要我的好運分你一點啊？」陳億作勢要往陸嘉肩膀一拍，「不是我在吹，我的運氣眞的很好呢。」

「不用了！」陸嘉不敢相信對方怎麼還有臉在他面前說這種話，他粗暴地揮開陳億的手，拒絕與對方接觸。

「只是開個玩笑嘛，用不著這樣。」陳億見自討沒趣，也不再和陸嘉瞎扯，轉頭投入自己的工作中。

陸嘉捏捏鼻梁，這時才想起自己連中餐都還沒吃。他抓起錢包，打算到樓下超商買個飯糰打發，順便讓自己冷靜一點。

他必須冷靜，才有辦法重新換回自己的運。

陸嘉走出辦公室，剛來到茶水間附近，冷不防聽見了自己的名字。

「陸嘉他啊……」

陸嘉停住腳步，他想知道裡面的人爲何會提及自己的名字，忍不住站在茶水間外偷聽。

茶水間內的話題還在繼續。

「今天經理發飆的樣子也太嚇人了……我要是陸嘉，大概會被罵得哭出來。」

「妳怎麼知道人家沒哭？說不定他坐回位子就眼眶泛淚啊。」

「不管怎樣，感謝陸嘉。自從他進公司，經理都不盯我了。」

「拜託，還不是他太廢的緣故……欸，小張，聽說陸嘉是你學長吧。」

「對啊，還有陳億也是，他們兩個都是我高中學長。」

「他以前也那麼廢嗎？」

「沒耶，學長當年可是我們學校的風雲人物，大部分學生都聽過他的名字。還是籃球隊隊長兼王牌，功課、體育都是排前面的那種。」

「靠！眞的假的？你說的是同一個人嗎？」

似乎是震驚於張耀翰的爆料，幾人七嘴八舌地連連追問。

「怎麼跟現在差那麼多？你確定高中那個不是陸嘉的雙胞胎嗎？」

「還是說現在進我們公司的這個，才是陸嘉的雙胞胎？」

「學長沒有雙胞胎，記得好像是獨生子吧。」張耀翰認眞解釋，「不過眞的很可惜……學長以前明明那麼厲害，很多學姊倒追，還有人爲了他追進球隊當經理。」

「哇！然後呢？然後呢？和陸嘉在一起了？嘖嘖，純純的青澀戀愛啊……」

「哪有什麼純純的青澀戀愛。那個學姊聽說風評不好……」張耀翰聲音忽地壓得極低，「男女關係很亂，球隊差點受影響……最後好像是退學了。」

「這還真的……沒想到啊。是說當初那些女同學要是看到現在的陸嘉，應該都會覺得自己那時被糊了眼吧哈哈。」

「有句話是這麼說的，小時了了，大未必佳。」

「也不對啊，看看陳億。人家就是小時了了，大也佳的最好範例！」

「哎唷，這叫沒有比較，就沒有傷害。」

幾人嘻嘻哈哈地笑鬧一團，渾然不覺當事人之一就在外面。

陸嘉氣得全身發抖，血液好似要一口氣直衝腦門。他的理智線搖搖欲墜，只要再施加一點外力，就會斷裂。

而這僅存的理智也告訴陸嘉，若他繼續在公司裡鬧事，只會讓他境況更糟。

他做了幾次深呼吸，一個大步衝過茶水間，將裡頭傳出的驚呼拋到後頭。

「欸，等等！剛剛那個人該不會是……」

接下來的幾天，對陸嘉而言無比煎熬。

他一進公司就得面對陳億那個小偷。

看著對方若無其事的嘴臉，他只想知道怎會有人如此不要臉。身為加害者，居然還能心安理得地在受害者面前轉悠。

偏偏他什麼都不能做，只能一忍再忍，全力壓下憤怒與不甘，還得想方設法再次偷走或換走對方的私人物品。

但正義最後果然站在他這一邊，在他得知眞相的第三天，機會又降臨了。他順利拿到陳億的私人物品，加上陳億的頭髮，施法所需道具都已備齊。

陸嘉迫不及待地打電話給許師父，想和她約時間。

當然是越快越好，最好今晚就開始。

鈴聲響了好一會，許師父才接起電話。

「喂喂？許師父！」陸嘉激動得嗓音有點飄，「我是陸嘉，我東西準備好了，想跟妳約個時間，明天可以嗎？」

「陸先生？」陸嘉的來電讓許師父格外吃驚，「但你……你不是前天就來過了？」

「什……」過度的震驚讓陸嘉一時啞然，好半晌才找回自己的聲音，「許師父妳在說什麼？什麼叫我來過？我從禮拜　那天後，根本沒再去妳那裡啊，妳是不是記錯了？」

「沒有，我沒有記錯。」許師父那端傳來翻動紙張的細響，「我行事曆上都有記錄。對啊，前天，晚上八點的時候……」

「不可能、不可能！」陸嘉急切地大吼，「前天晚上我都待在家裡，那個人才不是我！」

「我記得……」許師父回想，「那天你穿卡其色外套，戴口罩，還戴了帽子……」

「所以妳根本沒看見我的臉，就把那人誤認是我了？」陸嘉簡直要瘋了，「妳到底是怎麼搞的？」

「陸先生，你怎能這樣說。」許師父對陸嘉的質問感到不悅，「你……那個人當天說他感冒，怕傳染人，所以才戴著口罩。難道你要我不顧客人隱私，把他口罩摘下來看嗎？」

陸嘉強忍焦慮，「所以呢？那個冒牌貨找妳做什麼？」

「這……」許師父這時似乎也自知理虧，本來強硬的語氣軟了下去，說話也變得吞吞吐吐，「他說他反悔了……覺得人還是要腳踏實地一點，他想靠自己的努力拚搏一番，證明人定勝天。我那時眞的不曉得他不是你啊，陸先生，這也不能怪我。誰曉得會有其他人知道你找我換運的事，我自然會認爲是你。」

「然後呢？然後妳做了什麼？」陸嘉一顆心往下沉，浮出了不祥預感。

「我照他的要求，進行了另一個法術……讓他從此無法再跟任何人換運。」許師父像是覺得對不起陸嘉，態度放得更軟，「尾款我可以退你三分之二，畢竟是我的疏忽……」

「重點不是退不退錢！」陸嘉抓緊手機，暴躁地怒吼，「取消那個法術！是那個人擅自使用我的身分！快給我取消那個法術啊！」

「這我眞的沒辦法……」許師父大感爲難，「這是無法逆轉的，法術施展完畢了，你已經完全不能再跟他人換運。除非……」

「除非怎樣？」陸嘉彷彿看到一線希望。

但許師父潑來的卻是一盆冰水，「除非你和現在的換運對象有一方死去，那層隔絕運勢外流的屏障才會消失，你的運也才有辦法再往外流動。」

陸嘉被凍得腦子發暈，一時說不出話，也無法做更多的思考。

「總之……錢我這幾天就退給你，你也不用再來找我了，我眞的無能爲力！」許師父匆匆結束對話。

陸嘉想再打過去，卻直接轉進了語音信箱。

許師父擺明不想再應付他，乾脆關機了。

陸嘉麻木地任憑手機裡的電子音一再重複，腦中唯有一句話不斷盤旋。

換不了，永永遠遠都換不了……除非有誰死去……

「啊啊啊啊啊！」陸嘉猛然砸了手機，在自己家裡崩潰地大叫。他一把揮開桌面雜物，任憑杯子翻倒，水灑滿桌面，「啊啊啊啊！該死、該死！」

陸嘉握拳砸向桌子，好似感受不到關節傳來的劇痛。他搥桌搥到手都紅腫了，才像洩了氣的皮球癱軟在沙發上。

陸嘉抬頭望著天花板，眼神卻是渙散的，客廳裡一時只聽得見沉重的呼吸聲。

究竟是誰？誰會故意偽裝成自己？

而且這樣做，到底對誰有好處？誰不希望自己把運換回去……

陸嘉猝然屏住呼吸，一個人名猛地跳出腦海。

陳億。

沒錯，除了陳億還有誰？

陸嘉一震，一些被他忽略，但現在看來可疑的片段自動串聯在一塊。

陳億為什麼想阻止他二度換運？因為他想要保留現在的這個新運。

陳億又是如何得知他去換運？他明明做得低調，連絲口風都沒透露出去，公司的人最多只知道他去收過驚。

紫玄宮是林冰告訴他的，當時林冰好像曾提過……

「我是不太了解這方面啦，不過曾聽人提過有位師父挺厲害的，我有個朋友前陣子也去找她幫忙。」

林冰聽人說過……她是聽誰說的？

一個荒謬，但又能解釋一切的猜想，霍地展露在陸嘉面前。

——陳億。

他去找許師父討說法那天，中午才到公司的陳億正好蹲在他座位下說是在撿筆。

陳億真的在撿筆嗎？還是說，他撿的是自己的頭髮？

隨著這個名字再次浮出，許多事情都說得通了。

是陳億，陳億設下這個局，躲在暗處冷眼旁觀他傻傻跳進陷阱。

許師父說過，陳億換過三次運了，無法主動換運。

所以，他才會想要我主動換運。

還有那個王先生……陸嘉從記憶裡重新翻找出對方的身影。

那人戴著帽子和口罩，壓根看不清楚長相，可是對方的身高體格和他很接近……

陳億也是如此。

最重要的是，那件卡其色外套！

前天陳億就穿著它，許師父說的冒牌貨也穿著它，就連王先生……

那個讓陸嘉得知世上存有換運一事的王先生，也穿著它。

陸嘉瞪大眼，那些層層迷霧霎時散去，一切豁然開朗。所有的證據都指向王先生和冒牌貨——都是同一個人。

都是陳億那個賤人！

陳億故意讓他知道有換運一事，果然他就這麼被牽著鼻子走，一步步走出了陳億想看見的結果。

當年陳億偷走他前期順暢的運，現在又把即將一飛衝天的運換回自己身上，還狠毒地斷絕他再次換運的機會。

陸嘉簡直不敢相信，世上怎會有像陳億這種卑鄙無恥還貪得無厭的小人！

陸嘉全身緊繃，雙眼猩紅，從齒縫間擠出嗬嗬嗬的聲音。盤踞在胸口的那團烈火終於衝出心房，吞噬了他，將他的理智燒得一點也不剩。

假如這時候有人站在陸嘉面前，一定會被他現在的模樣嚇得連退好幾步。猙獰又扭曲的表情，看起來就像要殺人一樣。

小偷小偷小偷，你這個小偷，把我的人生還回來！

看著不明號碼發來的簡訊，陳億皺了皺眉，毫不猶豫地按下「刪除」，並且封鎖號碼。

這已經是他第六次收到相同簡訊了。

可即使他一再封鎖，對方還是有辦法換著號碼把莫名其妙的內容發到他的手機。

「眞的是……神經病啊。」陳億想不明白，若是垃圾簡訊或推銷簡訊這一類的就算了，誰的手機不是一天到晚收到，但怎麼他卻是收到這種類似詛咒的東西？那個神祕人一副指責自己偷走他人生的語氣，可陳億很確定、肯定，自己才沒有做過這種事。

又不是小說、電影，他要怎麼偷走別人的人生啊？

想來想去，陳億還是想不明白自己是在哪招惹到對方，或許對方就是亂槍打鳥，閒著沒事來嚇人的？

陳億覺得第二個推測滿有可能的，他打算再觀察一陣子，若仍持續受到騷擾，就要考慮報警了。

也不知道警察願不願意受理，畢竟這內容也構不上威脅……

陳億鬱悶地長嘆一口氣，好好的一個假日，卻被這簡訊破壞了開端。

陳億有些迷信，他相信一天要是沒有好的開始，接下來碰上衰事的機率就會增加。

幸好他這個人運氣一直很不錯，當然也是因爲加上自身的努力。爲了能備受注目，不論高中、大學，還是出社會進公司，他可都是卯足了勁地衝刺。

只不過虛榮心作祟，他通常都在別人面前表現出遊刃有餘的樣子，好像不用多少努力就能輕鬆獲得優異的成果。

若要比喻，大概就像鴨子划水一樣吧。

「那我一定是腿最長的鴨子。」陳億被自己的想像逗樂。簡單吃過早餐，手機跳出行事曆的通知，他把提醒欄位點開來一看，恍然大悟地一拍前額。

差點忘了，陸嘉約他今天釣魚！

陸嘉和陳億一直挺有緣分，兩人高中同班三年，一起加入籃球隊。大學雖然不同校，但期間斷續有聯絡，後來陳億課業繁重，報告、專題讓他一個頭兩個大，才少與對方聯繫。

而陸嘉那邊應該也是一樣，結果他們兩人約見面的次數更少了，最後彼此關係漸漸淡去。

陳億多少覺得有點可惜，可沒想到會在公司再碰上陸嘉。

與老朋友重逢讓陳億相當開心，尤其兩人座位還是隔壁。但很快他就因爲成堆的工作忙得團團轉，等到逐漸適應工作強度後，這才發現陸嘉有些變了。

高中時，陸嘉總是勝他一籌，無論運動或成績。但在公司裡，陸嘉曾有的聰穎像是消失大半，時常因工作疏失挨經理的罵。

要說惋惜不是沒有，但陳億不能否認自己內心也有一絲竊喜。

他終於贏了陸嘉。

不過他也佩服陸嘉的心理調適能力，要是換他三天兩頭出包和挨罵，他很可能早就扛不住，主動辭職了。

這樣想想，陸嘉可真厲害啊，這方面他絕對比不上。

陸嘉約的是山中的一條小溪，那是他們大學時常去釣魚的地方。

陳億開車上山，他有許久沒去那裡了，若沒有導航，很可能會迷路。

到了約好的地點，陸嘉已經抵達。

這條不知名的小溪不是什麼熱門景點，還是陳億他們大學登山時偶然發現，偶爾有其他釣客會來，不過今天正好沒人，由他們獨享這片區域。

陳億停好車，提著釣竿和工具箱下車，「你等很久了嗎？」

「我早到十分鐘而已。」陸嘉雙手插在口袋裡，「我釣竿都擺好了，你也趕緊選個位置吧。」

「那我肯定要選最可能釣到大魚的位置。」陳億吹了聲口哨，朝溪邊走去。他四周觀察了下，片刻後選定好心中的風水寶地。

陳億彎下身，開始設置他的釣魚工具。

陸嘉這時舉步上前。

「對了，陸嘉。」陳億頭也沒抬地說，「我告訴你一個好消息，還沒正式公布，你先別說出去啊。經理昨天私下跟我說，老闆那邊已經同意升我職了，下個月我就是副理啦。他還說這幾天會再把一件大案子移交到我手上，由我當主負責人，好像是新世還是新駿……不過新駿我印象中是你負責的，那就應該是新世啦。」

「經理打算把我換掉了。」陸嘉說。

「嗯？你說什麼？」陳億沒聽清楚。

「他要把我從新駿的案子踢出去……就爲了給你這個垃圾讓位！」陸嘉的吼叫聲在陳億背後響起。

並且離得相當近。

陳億錯愕地轉過身，映入眼中的正好是陸嘉撞上自己的身影。

陸嘉的五官扭曲成陳億從未見過的恐怖模樣，彼此距離近到他可以清楚看見對方眼中的一條條血絲。

「你……」陳億只來得及吐出一個字，下一秒一陣劇痛從他胸口處傳來。

陳億下意識低下頭，看見陸嘉的雙手握著刀柄，刀柄緊貼著他的上衣。

那……刀身呢？

這個念頭剛從陳億腦中閃過，他就目睹一片暗紅迅速在他胸前擴散。

啊，原來刀子在我體內喔。

陳億的思考能力這一刻似乎停滯了，他茫然地看著陸嘉猛力抽出沾血的刀子，又發狠地重重往他胸口一刺。

「都是你、都是你……你這個小偷小偷小偷！無恥至極的骯髒小偷！」陸嘉彷彿發瘋似地大吼，刀子一再拔起、刺下。

噗滋噗滋聲在陳億耳邊揮之不去，他張嘴試著擠出聲音，但只咳出了一個血泡。

「把我的人生，把我的運還給我！」陸嘉的臉漲得通紅，青筋在他額角突突地跳動。他又一次深深地將刀子捅進陳億體內，亢奮的情緒讓他不知疲累，「全都是你的錯！」

「運？我不知道你在……說什麼……」陳億想要抓住陸嘉的手，但兩條手臂卻沉重得如同綁了鐵塊。

不只是手，整個身體都是，他的兩條腿甚至連站都站不穩。

當陸嘉最後一次抽出刀子，陳億身子晃了晃，然後像被剪斷引線的提線木偶，「啪」地歪倒在地。

他張大嘴，像離水的金魚困難地吸吐著氣，又像是破出裂口的老舊風箱，只能發出接近「嗬嗬嗬」的哮喘聲。

那聲音讓陸嘉焦慮煩躁，彷彿有無數毛毛蟲落在他身上，令他渾身刺癢，卻怎麼也甩脫不掉。

陸嘉不知道時間過去了多久，也許很短，也許很長，等他回過神來，溪邊只剩嘩啦啦湧動的水流聲。

陳億沒有聲音了。

日光不知何時被飄來的厚重雲層遮蔽，本還明亮的天空立時暗下不少，陰影落在溪水和岸上，水氣帶來的濕冷這瞬間變得越發明顯。

陳億躺在碎石地上，淺色上衣被鮮血染紅大半，紅艷艷的色彩令人怵目驚心。

陸嘉站著，手裡握著淌血的刀，目光發直地望著腳邊不動的陳億。

陸嘉慢慢地眨動眼睛，似乎還不明白發生什麼事，思考能力完全停擺。

「喂，起來……」陸嘉遲鈍地踢了踢陳億，「你躺在地上幹什麼？」

陳億明明睜大著眼睛，嘴巴也張開著，可還是不動。

陸嘉想不通對方為什麼沒有反應，他的視線從陳億臉上移到對方胸上，發現陳億的胸膛沒有一絲起伏。

陳億沒有呼吸了。

陸嘉慢了好幾拍才意會到這個事實，戰慄剛爬上他的背脊，一聲驚懼的尖叫同時劃破溪邊寧靜。

「呀啊啊啊——」

陸嘉猛地扭過頭，緊接著腦中被空白佔據，他茫然地看著突然出現於此的林冰。他喜歡的漂亮女孩正蒼白著臉、摀著嘴，惶恐地看著他……以及他身後的屍體。

「你在……你在幹什麼？你殺了……」林冰眼中寫滿害怕之情。

「不是……不是我！我沒有！」陸嘉猛然回過神，像燙到手般急急扔掉拿著的刀子，想要上前接近林冰。但他卻忘了自己的雙手和衣服也沾到陳億的血，看在他人眼中只覺得異常恐怖。

林冰神色惶惶，像是被嚇住了，一時傻站在原地不動。

可就在雙方只餘幾步距離之際，她猝不及防地拿出防狼噴霧劑，對著陸嘉的臉不留情地一頓猛噴。

「啊啊啊啊啊！」刺激性的液體讓陸嘉摀眼慘叫，緊接著胯下傳來的痛楚讓他痛到發不出聲。

林冰踹了陸嘉一腳，又再踹了一腳。

陸嘉再也維持不住身體平衡，宛如一隻弓著背的蝦子，蜷縮在地。他冒著冷汗，痛苦難耐地喘著氣，雙眼不停溢出淚水，腦袋裡全是漿糊，無法思考。

陸嘉閉著眼，想要熬到眼中的刺痛過去。

一片黑暗中，他聽見林冰開口。

「陸嘉你還好嗎？你好可憐喔。和陳億比起來，你們誰比較可憐呢？」

林冰的語氣完全褪去了前一刻的畏怕，相反地，輕鬆愜意得很。

陸嘉懷疑自己產生了幻覺，否則怎麼可能聽見林冰這麼對他說話？他強忍著痛，眼皮拚命地撐開一條細縫。

周遭景物變得模糊，唯獨站在不遠處的林冰還能看出鮮明的輪廓。

「雖然我知道你沒腦子，還衝動，但事情能順成這種程度，真是讓我吃驚得……都要笑出來了呢。」林冰手裡拿著手機，笑得甜美動人，那雙讓陸嘉神魂顛倒的眼睛漾滿笑意，好似夜空中彎彎的弦月。

可這樣的笑容出現在此刻的血腥場景，顯得格外異常，甚至令陸嘉毛骨悚然。

「林冰，妳……妳……」淚眼矇矓中，陸嘉驚恐地看著面前的漂亮女孩，像看著一個披著人皮的怪物，同時一個令他不寒而慄的模糊猜想在他心中漸漸成形。

「沒錯，就是這種表情，我就是想看到這種表情才趕過來的。」林冰輕聲細語地說，溫柔的語氣就和她在公司親切地將咖啡遞給陸嘉一樣，「你還是先乖乖躺著，也別輕舉妄動。我已經開了視訊報警，你知道只要我按下按鍵，就會發生什麼事吧。」

「趕過來？妳怎麼有辦法知道……」陸嘉覺得此刻變爲離水金魚的人換成自己，他張合著嘴巴，吃力地組織話語。

「當然是在你跟陳億那裡都偷偷放了定位追蹤器，還有監聽功能呢。」林冰甜甜笑著，「對了，你家我也放了點小道具。喜歡半夜的嬰兒哭聲嗎？還有電腦的特效，喜歡嗎？」

陸嘉的眼珠幾乎要瞪凸出來，「那些都是妳……」

「要謝謝你帶我去你家，不然我還在想要用什麼理由呢。」林冰欣賞陸嘉懊悔驚怒的表情，「眞是的，世上哪有這麼簡單就能換到別人好運的事，那不是早就隨便一堆人換來換去了？你也太單純了吧，傻傻地就相信別人說的話。」

「不、不對……」陸嘉企圖鞏固自己搖搖欲墜的信仰，「我變好運了……我眞的變好運了！」

「錯，是我幫你……變好運。」林冰笑著說道：「中獎發票是我先塞進去的，你總是很晚才對獎。你的企劃得到經理誇讚，也是我偷偷幫你修過的，不然憑你這個廢物，怎麼可能做到？」

「我不是！」陸嘉目眥欲裂，巴不得用眼神凌遲曾被他當成女神的女人，「我才不是廢……」

「你是。」林冰笑意一斂，冷酷地說，「我可是打聽過了，上大學後你的心力全沒放在學業上，只顧著蹺課、打遊戲、玩社團，成績當然一路下滑。進公司後，有眼睛的人都看得出來，你遲到早退，以為上班就跟你唸大學一樣，點名簽到，然後摸魚就好。做事不盡心，出包了也不會檢討。聽說你叔叔跟老闆認識？怪不得你這德性還能在公司待那麼久，但顯然經理也忍不下去了。」

「妳騙我去紫玄宮？許師父跟妳……是一夥的？」陸嘉直至此刻才恍然大悟，但後悔已來不及了。

「都要感謝許師父幫忙，才有辦法把你這個蠢蛋耍得團團轉。」林冰說，「你以爲的好運是我替你製造的。你認爲的壞運，我只是從中稍微推波助瀾，主要還是你自己擺爛，不好好做事。」

陸嘉一口氣像是喘不上來。他想跳起來狠狠地教訓這個惡毒的女人，然而身體的疼痛讓他只能像隻待宰的魚。

「順便告訴你，你看見的王先生……也是我假扮的，變聲器很好用的。你看我已經回答你這麼多了，換我問你一個問題。」林冰居高臨下地俯視著陸嘉，看他的目光像在看一隻臭蟲，「陸嘉，你還記得劉香婷嗎？」

「……誰？」陸嘉對這名字毫無印象，他不懂林冰爲什麼會這麼問，「劉香婷是誰？」

「哎？你不記得？你居然不記得了？」林冰像被陸嘉的反應逗樂，她噗哧一笑，隨後像觸動某個開關，驟然放聲大笑，「哈哈哈哈，眞是笑死我了，你居然忘了？」

林冰的笑臉下一刹那轉爲陰沉狠毒，眼神宛如刀子，要在陸嘉身體狠狠戳出幾個大洞，吐出的嗓音彷彿某種獸類的咆哮。

「你怎麼敢忘記！」

「她是誰……劉香婷到底是誰！」林冰的異常讓陸嘉感到害怕，他發出尖叫，試圖把自己縮得更小。

「力行高中，高三，籃球隊經理，劉香婷！」

林冰嘶吼的同時，她從包包裡拿出的電擊棒也猛地戳向陸嘉的手臂。

陸嘉渾身抽搐，疊加的痛楚讓堆在他記憶角落、上面還蓋著厚厚一層灰的箱子驟然打開了。

劉香婷。

那不過是他人生中不值一提的小插曲。

如果不是林冰質問，如果不是林冰爲此殘酷地折磨著他，陸嘉說不定永遠都想不起來。

在男人涕淚橫流中，一段遙遠的回憶逐漸浮出……

「壓住她！把她壓好！陳億你是沒吃飯嗎？」

「囉嗦，我在壓了！都是這婊子太會掙扎……幹！劉香婷，叫妳別動是不會喔！」

鎖起門的房間裡，兩個渾身酒氣的大男孩正用自己的體重和蠻力，死死地壓制躺在床上的一名女孩。

陸嘉有些氣急敗壞，他和陳億趁女孩喝得不醒人事時把人拖進房裡。外面那群傢伙都因爲慶功宴喝掛了，東倒西歪地躺在客廳各處，不會有人注意到他們。

他們正準備拍些裸照留作紀念，可沒想到女孩早早恢復了意識。要不是陸嘉和陳億動作快，及時撲上去壓住她的手腳，還堵住她的嘴巴，只怕她會大喊大叫吵醒外面昏睡的一票人。

女孩慘白的臉充斥著恐懼，瞠大的雙眼不斷淌溢淚水。她的嘴被粗魯地塞了一團捲起的襪子，上衣的鈕釦被解至最後一顆，露出被黑色蕾絲胸罩包覆住的蜜色胸脯，裙子更是被高高撩至腰間。

即使雙手雙腳都被壓制住，女孩還是拚命扭動，想從眼下恐怖的境遇中脫離。

然而酒精浸軟了她的四肢，她無力的掙扎只爲她換來凶狠的一巴掌。

「幹！就叫妳別動了！」

運動員手勁本來就大，尤其陳億又被女孩惹得心火直冒，揮出的一掌完全沒想過要留情。

女孩被打得臉一歪，柔嫩的臉頰迅速浮出掌印，沒一會便紅腫起來。

「陳億你這白痴！」陸嘉被陳億毛躁的舉動氣得半死，「這樣她出去不就會被別人問東問西了嗎？」

「啊對喔……」陳億心虛地甩甩手。

陸嘉不想理陳億這個蠢蛋，他的手掌急切地在女孩沒暴曬在太陽下的白嫩大腿上遊走。對方死命想閉攏雙腿卻動彈不得的景象，大大地取悅了他。

陳億見狀，也迫不及待地將大手探進女孩的內衣裡，使勁揉捏著渾圓的胸部。

「媽的，這觸感眞是有夠讚……」陳億鼻息粗重，眼裡被慾色塡滿，「欸，把襪子拿出來，我想讓她含我的屌啦。」

「你豬嗎？萬一她大叫怎麼辦？」陸嘉伸指壓按著女孩內褲的凹陷處，褲襠高高隆起。

「嘖！」陳億心不甘、情不願地咂舌，揉按女孩胸部的力道加劇，「那你快點，我也想摸看看女人下面。」

女孩發出嗚嗚嗚的呻吟，眼淚越流越多，但她這副待宰羔羊的姿態，只會更激起男孩們的獸慾。

「妳來球隊當經理，還總是圍著我們團團轉，不就是想要我們幹妳？慶功宴穿那麼短的裙子，還穿這麼騷的內衣……大家吃飯的時候，妳內褲其實都濕了吧，有夠淫蕩的。」陸嘉咧開淫邪的笑容，端正的臉孔被酒精醺得通紅。

女孩驚恐萬分地搖著頭，半邊腫起的臉蛋血色全失。

但沒人在意她的想法。

女孩面露絕望，只能眼睜睜看著自己的內褲被拉扯下來，鬆垮垮地垂在她的腳踝間——

後來呢？

陸嘉記得，後來劉香婷退出球隊，但找上教練，指控他跟陳億性侵她。

這件事沒有鬧大，教練和校長把事情壓下來了。

他和陳億才剛為校爭光，帶領球隊拿下高中籃球聯賽冠軍，學校不想失去兩個大有前途學生帶來的光環；加上他們是性侵未遂，劉香婷也拿不出實質證據，事情變得不了了之。

陸嘉有些後悔當時沒來得及拍下劉香婷的裸照，不然就能反威脅回去。所以他乾脆拉著陳億一起寫了份公開道歉信，發在學生論壇。

反省他們不該因某位女同學死纏爛打，還不停做出過激行爲，就失了紳士風度，竟然打了那位女同學一巴掌，他們深深感到愧疚。

發完公開信後，陸嘉沒再關注劉香婷的消息，最後聽到時，只知道她已經休學。

突來的尖銳刺痛讓陸嘉一個哆嗦，也讓他從過去的回憶猛地被拉回到現實。

林冰依舊笑得又甜又嬌，可眼睛裡是濃得化不開的憎恨。

「想起來了嗎？劉香婷，那個被你們性侵，卻求助無門，最後被各種惡毒流言逼得退學的……我啊！」林冰發出尖銳的怒吼。

最末兩字彷彿驚天巨雷，把陸嘉整個人劈傻了。

林冰就是劉香婷？那個曾當過他們高中球隊經理的劉香婷!?

「妳是劉香婷？不……不可能!!」陸嘉堅持否認，「妳們長得根本不像，妳……」

縱使劉香婷的長相在陸嘉記憶裡已不甚清晰，但他隱約記得對方膚色偏深，是個運動型的單眼皮女孩。

與膚白、氣質優雅的林冰截然不同。

而且她們連姓都不一樣！

似乎看穿陸嘉的疑惑，林冰慢條斯理地說：「我媽後來改嫁，我跟了繼父的姓，還改了名字。你和陳億從來沒認出我很正常，我在大學做了微整型，擺脫了過去，我以爲自己花了好多年總算擺脫那段惡夢，可是……」

林冰胸口劇烈起伏，她的雙眼充滿血絲，迸射出的話語句句淬毒。

「可是爲什麼讓我在公司看到你們！看到你跟陳億！」

「但我們明明沒有強姦妳！」終於釐清自己淪落至此的緣由，陸嘉痛哭失聲，「那只是把手指插進去而已啊！根本不算強姦！」

「所以我也只是袖手旁觀，讓你自己動手，讓你跟陳億嘗到教訓而已。」林冰陰森地說，「現在，最後一個問題。」

「——你覺得尾隨你們到這來的我，究竟有沒有拍下你殺掉陳億的過程呢？」

車門開啓，接著又「砰」一聲關上。

林冰背往後靠，慢慢吐出一口氣，感覺壓在心頭多年的恨意這一刻似乎淡去了。

「都做完了？」坐在駕駛座的中年女人關切地望向她。

「都做得差不多了，現在就差上傳影片而已。」林冰飛快地點按著手機螢幕，最後傳送，「謝謝妳幫我，媽媽。」

「對媽還說什麼謝？妳可是我最重要的寶貝女兒。」

在紫玄宮被稱為「許師父」的女人也露出一抹笑，她轉動鑰匙，發動引擎，踩下油門，載著林冰駛離了這個地方。

天色變得更陰暗了，濃厚的雲層佔據半片天空，陽光完全躲到了後面。山中溪澗的四周景象也跟著受到影響，由燦爛明亮轉為冷清蕭瑟。

胸前被大片血污染紅的男人靜靜地躺在碎石地上，他雙眼空洞，早就失去生命的光采。

陸嘉虛弱地從地上爬起，一雙眼睛腫脹通紅。他扭頭看著陳億的屍體，覺得自己現在應該做點什麼，然而腦子裡全是空白。

現在……幾點了？他動作遲緩地拿出手機，下一刻看見自己的LINE瘋狂地跳出通知。許多名字——熟識的、沒什麼印象的——都標註了他。

陸嘉，怎麼回事？

這是惡作劇影片嗎？

陸嘉！

陸嘉！

陸嘉！

陸嘉！

密密麻麻的質問彷彿鋪天蓋地而來，令陸嘉無法呼吸，他看著聊天頁面裡無數紅點提醒，手指抖個不停。

他甚至不知道……自己該不該點開來看？

〈換運〉完

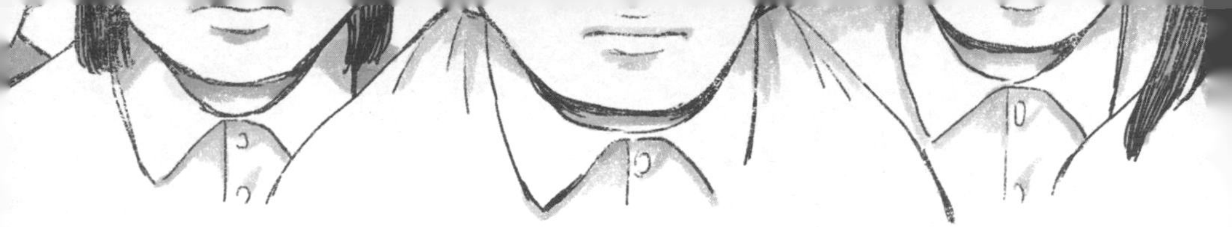

永遠的好朋友

「……九十七、九十八、九十九、一百！」

嘹亮的小孩嗓音在藍天下迴響著。

「躲好了沒有——」

「躲好了！」稚氣的喊聲接二連三響起，緊接著又歸爲沉寂。

趴在樹幹上的小男生立刻鬆開雙手，轉過頭來，開始尋找躲藏的同伴。

過不了多久，驚呼聲和大笑聲從這塊空地此起彼落傳出，陸續有人被當鬼的小男生抓到。

最後只剩下一個人沒被找到。

「欸？顏紫琴呢？她躲到哪裡去了？」小男生狐疑地東張西望，他能找的地方幾乎都找過了，就是沒發現她的蹤影。

「對啊，顏紫琴人呢？顏紫琴！」

其他人跟著加入尋找行列，有人跑到草叢裡，有人站在樹下努力往上看。

但依然一無所獲。

「不會是偷跑回去了吧……」其中一人皺著臉，「不然怎麼會不見？」

「這樣就犯規了啊，說好只能躲在這附近的！」當鬼的小男生不高興地踢開一顆碎石，「跑回去我哪可能找得到她啊！」

「顏紫琴會不會……」又一人怯生生地開口，「跑到黑森林那邊呀？」

「黑森林」三個字一出現，一票六、七歲的孩子們頓時瞪大眼，反射性往同一方向看。

以成年人的眼光，那只是一座小樹林，走進去晃一圈只要十幾分鐘。但裡面樹木枝繁葉茂，遮擋住大半日光，所以林內格外陰暗。尤其那些樹樹幹深暗，枝椏雜亂生長，還有細細長長的氣根垂下，遠看就像大把乾枯頭髮。

對孩童來說，這就是一座恐怖的黑森林。

聽見顏紫琴可能跑進黑森林躲起來，小孩們臉色不由得變了。

「誰去找她？我才不要進去！」

「我也不要……叫阿螢去！顏紫琴都嘛跟在阿螢身後！」

「是她自己硬要跟的，和我有什麼關係？」

大夥互相推託，神情是毫不掩飾的抗拒，誰也不想踏進那座嚇人的黑森林。不僅因爲小樹林給人陰森的感覺，最重要的是，大人都說這地方……很陰。

「我姑姑有交代，不能亂跑去黑森林，不然會被帶走的。」

「我阿嬤也說過，她說我跑進去就要打我屁股！」

「怎麼辦？顏紫琴不會被抓走了吧？」

「要不要叫大人過來……你跑得快，要不你去吧！」

「那我媽就知道我偷跑出來玩了，我會被她打死……啊，我有辦法了！」

「什麼？什麼？」

「你快說啊！」

被同伴圍住的小男生得意地挺起胸，「我們到黑森林邊邊，然後用最大的聲音喊顏紫琴，如果她躲在裡面，肯定聽得到我們在叫她。」

「對對，要是她沒出來，就表示……」

「她不在黑森林裡！」

這個辦法獲得一致同意，幾個人小心翼翼地靠近黑森林外圍，接著開始扯著喉嚨大聲喊。

「顏紫琴！顏紫琴！」

「小琴！」

「顏紫琴妳快出來！」

「不然我們要回去了！」

「小琴！」

「顏紫琴——」

高高低低的叫喊順著風飄入林子裡，來到了最深處的一座小廟附近。

灰黯石材砌成的小廟不到半人高，外觀毫不起眼，經歷風吹雨打的屋頂和壁面冒出暗綠苔蘚。廟簷上的刻紋早已隨著歲月失去原有形貌，四周用渾圓的石頭圍出一小片空地。

小廟沒有廟門，裡頭安置著一尊有著人形輪廓的石像。石像前的香爐翻倒在地，表面鏽跡斑斑，也不見香灰灑溢，擺明早就無人來此上香供奉。

就連原本題在門洞上方的金字也因掉漆模糊大半，只剩最後一個「廟」字還能清楚辨認。

小廟後方倏地探出一抹人影。

她有著一張圓圓的臉，眼睛也又大又圓，彎起來時則像天上月牙，頰邊有著淺淺的酒窩。

然而那張稚嫩面龐彷彿破損的瓷器般，布滿多道可怕裂痕。

樹林外孩童的喊聲漸漸由清楚變得模糊，最後成為一道氣聲般的短促低語。

「顏紫琴。」

小女生眉眼彎彎，咧開天真的笑容，黑得不見底的眼珠子像是在直視某個方向。

「約定好了喔，要當永遠的好朋友。」

□

「顏紫琴，起來了！顏紫琴，快起來了，要睡過頭了！」

吵鬧不休的鬧鈴不斷干擾床上女子的睡眠，她痛苦地呻吟一聲，翻了個身，把臉埋進枕頭裡，想要藉此隔絕那些惱人聲音。

鬧鐘依舊鍥而不捨地努力著自己的工作。

「顏紫琴，起來了！顏紫琴，快起來了！要睡過頭了，妳要被扣薪水了！」

拔得尖高的喊聲無情地刺進顏紫琴的腦袋裡，讓她再也無法充耳不聞。

她閉著眼睛，眉頭緊緊皺起，在心裡默數三秒，這才心不甘、情不願地睜開眼，從舒適的被窩中爬起。

顏紫琴頂著一頭亂髮，表情難看地抓過床頭櫃上的鬧鐘，洩恨般用力按下頂端的開關。

終於，房裡恢復安靜。

但顏紫琴也不可能再繼續睡回籠覺，除非她眞的想上班遲到被扣薪水。

可即使知道時間快不夠了，顏紫琴還是呆坐在床邊，整個人散發著頹喪又煩悶的氛圍。

她耙耙凌亂的長髮，耳邊彷彿還留著夢中的低語。

「顏紫琴。」

有人喊著她。

「約定好了喔，要當永遠的好朋友。」

陌生的小女孩笑得天眞爛漫，可臉龐上一條條的裂痕看起來恐怖嚇人，好像只要稍一用力，那張臉就會嘩啦啦地破成一地碎片。

明明是夏天，顏紫琴卻忍不住哆嗦了下，夢境帶來的涼意遲遲無法退去。

這已經不是顏紫琴第一次夢到那個小女生了。

大約從上個月開始，她突然作起詭異的夢。

那個小女生都會在夢裡出現。

看起來大約六、七歲的年紀，若不是滿臉裂痕，想必是個可愛的孩子——這個念頭只在剛開始作夢時出現過幾次，隨著小女孩在夢中出現得越來越頻繁，顏紫琴漸漸感到毛骨悚然。

尤其最近，幾乎兩、三天就會夢見。

夢中場景或多或少有些變化，但最後一定會出現林中的那座小廟，那個小女生的身影一定會從廟後面探出。

明明小女生四周沒人，可顏紫琴卻無來由地覺得對方是在看自己。

那雙黑得嚇人的大眼睛緊盯著自己不放。

到底爲什麼會作這種夢，顏紫琴怎樣也想不明白。

如果只有一、兩次，還能說是壓力大，才會夢些亂七八糟的。

但這個夢已經……顏紫琴都記不得自己究竟夢過多少次了。

她不是鐵齒的人，事實上，她覺得自己可能是八字輕，時常碰到一些常理無法解釋的狀況，所以這個奇怪的夢出現次數變多，她就趕緊到常去的紫玄宮收驚問事。

收驚的師父說她可能是路過別人家辦喪事時被沖到，對方是個小女生，對她沒有惡意，只是想找人陪自己玩，趕走就行。

師父做了簡單的法事，再交代她喝幾天符水，身上最好佩帶著艾草跟柚子葉。

顏紫琴一一照做，但依舊沒有任何改善。

「要不要換一間試試……」顏紫琴喃喃自語。

再繼續作這個夢，她怕自己精神都要耗弱了。

還有夢裡那間小廟……那到底是怎樣的廟？

夢中看不清廟上的字，廟裡的石像也模模糊糊……但應該不是土地公廟之類的。

那間廟眞的存在嗎？

小女生和廟之間……又有什麼關聯？

顏紫琴出神地在床上坐了一會，直到鼻子忽然發癢，打了一個大噴嚏，才猛地想起自己還得趕去上班。

顏紫琴暫時把那個煩人的怪夢拋到腦後，急匆匆跑進廁所盥洗，再回到化妝鏡前在臉上塗塗抹抹。

可能是作惡夢的關係，鏡子裡的她看起來氣色不佳，狹長的眼睛下方有抹淡淡的青，眼袋也比平時明顯。

顏紫琴湊近鏡前，嫌棄地摸摸眼袋，隨即目光又被額角上那道暗紅胎記吸引。

胎記不算大，大約一個拇指大小，可在偏白的膚色上格外顯眼，猶如一道刺目的疤痕。

顏紫琴很討厭自己的胎記，就算用劉海遮住，她還是覺得別人的視線可以穿透髮絲，把醜陋的胎記看得一清二楚。

這也讓她對拍照總是下意識地抱持著幾分排斥，從小到大，照片少得屈指可數。

顏紫琴還記得小時候曾經向母親哭訴自己的額頭好醜。

母親只是笑吟吟地摸著她的臉說：「我的小寶貝一點也不醜啊。」

顏紫琴拿起梳子，仔細地梳好劉海，確保額頭完全被遮住，這才拎起包前往工作地點。

顏紫琴的職業是管家，民宿的管家。

除了處理客人入住事項外，民宿中所有大小事，包括清潔打掃、換洗寢具用品、隨時補充房間備品……都是她負責的工作。

讓顏紫琴自己來說，更像是雜工吧。

什麼都要會，什麼都要做。

而每當她對認識的人提起自己的工作時，對方都會露出羨慕的眼神——「民宿？聽起來好棒，一定是風景很好的地方吧！」

在成爲管家之前，顏紫琴也是同樣想法。

民宿肯定都是在一些山明水秀的地點，就算工作勞累一些，但還有大自然可以撫慰疲勞的身心。

事實證明，她想得太天眞了。

有些民宿可不在山裡，也不在邊郊，別說風景好不好了，它就在都市鬧區的大馬路邊，從陽台看出去只有鐵欄杆跟欄杆外的公寓。

例如她工作的地方。

顏紫琴的工作地點叫作「好夢民宿」，它藏在一棟老公寓裡。一樓原本是拉麵店，幾個月前因不景氣倒閉了，至今仍在招租，二樓到四樓才是民宿範圍。

顏紫琴的辦公位置在二樓走廊。

對，走廊。

她甚至沒有辦公室，只在樓梯口附近擺了簡單的桌椅，旁邊加個矮櫃，四周再用塑膠布圍起來，這處小小空間就是她的辦公地點。

顏紫琴總覺得這更像是牢房。

今天來住宿的客人不多，只有幾組年輕人。

顏紫琴像個讀稿機器說著不知道已經重複多少次的注意事項，同時還要裝作沒看見客人對她簡陋的辦公環境發出的驚訝或是同情。

雖入住客人少，但今天中午退房的旅客有十來個，等於有約十間房等著她整理。待預訂的最後一組客人取走鑰匙，顏紫琴揉揉僵硬的肩膀，從椅子上站起，開始準備接下來的打掃事宜。

縱使已經不是第一天面對這份工作，然而當顏紫琴進入第一間房間時，她臉色大變，摀著口鼻連退到走廊上。

吸了幾口新鮮空氣，顏紫琴鐵青著臉，找出口罩戴上後，才再次踏進那間宛如惡夢般的房間。

垃圾滿溢出來，丟得到處都是就算了，浴室裡還有塗抹在各處的褐色泥狀物，那讓人不得不掩鼻的惡臭味道……該死，是糞便吧！

顏紫琴馬上回想起之前住這間房的是一對年輕情侶，大約二十來歲。

太噁心了，他們腦袋有病嗎！

顏紫琴一邊滿懷嫌惡，一邊慶幸沒把今天入住的客人安排在附近，否則就要收到一大堆投訴了。

在好夢民宿當管家一年多，見識過的客人千百種，許多人看起來人模人樣，然而幹的都不是人會做的事。

退房後留下的狼藉往往讓人瞠目結舌，難以置信正常人怎有辦法這般誇張。

垃圾亂丟都算普通，沒有待在馬桶裡的排泄物和四濺的嘔吐物才眞正教人崩潰。

顏紫琴從一開始的大感衝擊到現在差不多已經麻木。

拍下房內慘不忍睹的景象傳給老闆，顏紫琴戴上清潔用手套，強忍著作嘔的心情投入清潔工作中。

如果要問顏紫琴喜愛這份工作嗎？她一定會斬釘截鐵地回答，討厭死了。

彷彿無窮無盡的清潔打掃，三不五時就要面對令人血壓直飆的奧客，還有客人製造的各種爛攤子，更不用說管家的薪水根本不高。

無數次顏紫琴都想著要辭職不幹，可現實的壓力讓她只能妥協。

大學畢業，又只是個成績普通的文科生，想找工作都不知該如何下手。

經過數不清的求職失敗後，才應徵上這裡的民宿管家。

錢少事多，僅存不多的優點大概是離家近，又不需什麼專業技能吧。

顏紫琴不只一次幻想過，要是哪天能中個樂透或統一發票大獎多好，她一定馬上離開這個鬼地方，辭職前還要拍桌向老闆嗆聲說不幹了。

只不過到現在爲止，她只能用幻想過過癮。

好不容易清理完第一間，還有一堆房間等著她。

幸好後面幾間沒第一間那麼誇張，雖然一樣髒亂得讓她直皺眉，但好歹沒再看見滿浴室的糞便。

即使到了中午，顏紫琴也沒有吃飯的欲望，那些恐怖房間讓人毫無食欲。

她回到座位，本想處理一些文書工作，但疲累突如潮水湧上，讓她的眼皮不禁往下掉了掉。

最後她放棄掙扎，給自己設了一個十五分鐘的鬧鐘，趴在桌上短暫地小憩。

反正她的位子沒裝監視器，不用擔心被老闆抓包。

顏紫琴很快就睡著了，還作了一個夢。

夢中是似曾相識的鄉村景象，低矮的金黃稻穗被風一吹順勢彎腰擺動，像大片金浪起起伏伏。立在田間的稻草人臉上畫著粗糙的五官，小孩成群結隊地嬉笑玩鬧。

笑鬧聲越響越大，驟然又變成了齊聲呼喚。

「顏紫琴！」

「顏紫琴！」

「顏紫琴！」

下一剎那，畫面陡然一轉，從田野急速來到樹林外。

黑褐色的樹幹令人想到焦黑炭條，枝葉層疊交錯的影子讓林中更顯晦暗陰森。

顏紫琴眉頭不自覺皺了皺，嘴裡也發出沉悶呻吟。

她不想再深入小樹林，她不想再看見那個臉龐猶如破碎瓷器的詭異小女孩。

但夢境卻不是她能自由控制的。

顏紫琴只能看著樹林裡的景象越漸清晰，終於定格在深處的一座石頭小廟上。

廟頂壁面仍然覆著青苔，被鏽蝕得斑剝的香爐翻倒在地，香爐後隱約能見到一尊矮小石像立在廟內。

小廟無門，門洞上的提字只剩下「廟」字尚能辨認。

這些細節都與她之前的那些夢一樣。

顏紫琴知道接下來會出現什麼，小女孩要出現了——那張滿布裂痕、讓人毛骨悚然的臉孔將會從石廟後探出。

果然，小廟後慢慢冒出一抹人影。

她趴在廟頂上，眉眼彎彎，衝著某個方向咧出大大的笑容。

那張青稚面孔上的裂痕好像變得更深、更猙獰了，似乎小女孩動作再大點，就會支離破碎。

那些喊著「顏紫琴」的聲音不知不覺消失了。

林間只餘風聲，只餘葉片摩擦的沙沙聲，還有……

小女孩張開嘴。

顏紫琴知道她會說什麼，每一次她都說一樣的話。

小女孩咯咯笑起，笑聲透著詭異。

「妳快回來了，妳就要回來了，我等著妳喔。」

「不！」

顏紫琴驚喘一聲，猛地張開雙眼，身體反射性從桌面彈直，整個人是被嚇醒的。

她能感受到自己的心臟瘋狂跳動，一下下地撞擊著胸膛，好像隨時會從皮膚底下衝撞出來。

顏紫琴緊靠著椅背，大口大口地喘著氣，頸後泛起一陣涼意。她摸了一下脖子和後背，發現已不知不覺滿是冷汗，就連手指也微微發麻。

顏紫琴眼中殘留著剛睡醒的茫然與揮之不去的驚嚇，她眼神發直地看著前方，好半晌才確認自己仍在民宿二樓，那個狹小得像牢籠的辦公區域。

猛烈的心跳經過一段時間才逐漸平緩，顏紫琴用力揉了一把臉，臉部的疼痛提醒著她這是現實。

她不是在作夢，她已經從夢裡醒過來了。

但是那個夢……那個夢究竟是怎麼回事？

顏紫琴不是頭一回夢見那個怎麼看都不像人的小女孩，可這還是第一次……對方在夢中說的話有了變化。

什麼叫我快回來了？我要回去哪裡？

難不成……那個小女孩和以前的我有過什麼交集？

這個念頭才剛浮出，就被顏紫琴壓下，打從內心否定這個可能性。

她怎麼可能會跟那孩子……跟那種東西，有過交集？

這太扯了……沒錯，這眞的太扯了！

顏紫琴胸口大大起伏幾下，接著霍然站起身子，快步走到廁所，潑了一把冷水到臉上。

冰冷的溫度頓時讓她一個激靈，也稍微恢復冷靜。

抓了幾張衛生紙擦乾臉上的水珠，顏紫琴告訴自己別再多想，那只是個夢，夢裡的東西都是假的。

更何況她一直住在這座城市，根本不可能如小女孩說的回去某個地方。

做好心理建設，顏紫琴總算好過一點。她不想再回到座位，便乾脆重新投入清掃房間的工作，打算靠勞動麻痺自己的大腦。

只要一忙，就不會胡思亂想了。

時間不知不覺地流逝，顏紫琴是被自己肚子的咕嚕聲拉回意識。她慢半拍地想起來，自己中午根本沒吃，怪不得現在那麼餓。

她瞄了眼手機，雖然離下班還有一個多小時，但等下班再去吃，回到租屋處都不知道幾點了。

想到這裡，顏紫琴二話不說地打開外送ＡＰＰ，隨便叫了一份附近的牛肉麵。

也不知道麵放了多久或煮了多久，來到顏紫琴手上時已軟爛成一團。是不會把湯跟麵分開嗎？顏紫琴滿腹牢騷地吃著一點也不美味的牛肉麵，邊滑著手機，準備給店家一星負評。

星星還沒按下去，手機畫面倏地跳轉，變成了來電顯示，鈴聲同時大作。

顏紫琴嚇得手一抖，差點讓手機掉入湯碗裡。

幸好慘劇沒發生。

她一點也不想多花一筆錢維修手機。

看著螢幕上出現的「媽」，顏紫琴眉頭緊緊皺起，不用等到接起，她就能想像母親那些煩人的叨唸。

不是說怎麼不去考公務員，就是催促這年紀該結婚了，超過三十容易沒人要……

顏紫琴忍住不耐，手指往螢幕上一滑，接起來自母親的電話。

「喂，小琴啊……」帶著一絲疲憊的嗓音進入顏紫琴耳中。

「媽，不是說了別在上班時間打電話給我嗎？」顏紫琴搶先說道，想速戰速決。

換成以往，顏母一定會嘮叨地說起顏紫琴多久沒回來了，平常也不主動打電話。

但這一次，她卻突兀地陷入沉默。

「媽？」顏紫琴從靜默中嗅出異於平常的不安，「怎麼了？發生什麼事了？」

「小琴……」顏母終於再開口，聲音聽起來異常沙啞，「媽跟妳說，阿嬤她……過世了。」

「什麼？」顏紫琴第一時間沒反應過來，「媽，妳說……」

似乎是找到情緒的宣洩口，顏母再也壓抑不住哽咽，「妳阿嬤……她過世了。大伯那邊打電話過來通知的，她下午趁沒人時自己跑出去，結果在水溝旁跌倒。等被人發現時已經……就已經……」

手機另端的顏母泣不成聲，花了好一會工夫才能斷續開口，只是依然蓋不住明顯的抽噎。

「大伯他們已經把阿嬤接回去，我跟妳爸現在也在阿嬤家。顏家的習俗是要在家裡守靈到告別式那天，但我們沒辦法待太久，明天就得趕回來，妳也知道我們還有餐廳要顧。」

餐廳有比阿嬤重要嗎？顏紫琴咬了下舌尖，才沒讓這句諷刺滑出唇間。

顏紫琴清楚自己沒什麼資格說這句話。

因爲在她心裡，阿嬤和自己的生活相比，毫無疑問是後者更重要。

顏母吸吸鼻子，極力讓語氣穩定一點。她嘮嘮叨叨地又說了很多，也不在意手機另一端的女兒有沒有回應。

顏紫琴感覺自己像被分成了兩半，一半聽著母親的交代，一半則是不由自主地陷入關於阿嬤的回憶。

她有多久沒回鄉下看阿嬤了？

好像除了過年，她從來不會主動到阿嬤家。

但這也不能怪她，誰教阿嬤家在偏僻的鄉下。她沒有車，搭大眾交通工具過去得花上好幾個小時。

一來一往，一天的時間就這麼沒了。

反正過年有跟爸媽一起回去拜年就好，而且阿嬤其實已經認不得她是誰。

阿嬤好幾年前就失智了，有四年還是五年了吧。

老實說，顏紫琴也記不太清楚了。

今年過年回去時，阿嬤就坐在她專屬的搖椅上，不管誰喊都不理。對著大伯叫出過世爺爺的名字，說話顛三倒四，有時還會默默流淚。

顏紫琴閉了下眼，記憶中的老人在她沒有察覺的時候已變得有些模糊，她甚至想不起阿嬤喊自己名字時是什麼模樣。

是熱情的？開心的？還是……

一張爬滿皺紋的冷漠面孔猝不及防地躍出腦海。

老人的眼神嚴厲又苛刻，看著她就像在看……惹人厭煩的存在。

啊啊，是了，她想起來了。

她不喜歡回去看阿嬤，最大的原因不是阿嬤家路途遙遠，也不是阿嬤失智後像變了一個人。

而是，阿嬤打從以前就對孫女的她格外冷漠。

面對幾位堂哥，阿嬤會露出親切和藹的微笑，不時還會抓糖果塞到他們手裡。

自己則像是被忽略的小可憐。

顏紫琴無意識地攢緊手指，小時候的自己不明白為什麼，長大了才知道阿嬤就是重男輕女。

比起只是孫女的自己，她更喜歡堂哥們。

「小琴，妳有在聽嗎？」長長的靜默讓顏母狐疑地出聲詢問。

「嗯？什麼？有啊，我有在聽……」顏紫琴心不在焉地回答，「反正妳再把告別式的時間給我，我看能不能向老闆請到假。」

嘴上這麼說，可顏紫琴早就打定主意不出席，就用工作太忙、來不及趕回去的理由來塘塞過去。

反正以阿嬤重男輕女的個性，她有沒有回去肯定沒差。

「妳還說妳有在聽，我剛講的妳都當耳邊風了是不是？」顏母被自家女兒的回應激出一絲火氣，「妳明天就給我過來阿嬤家！」

手機裡忽地傳出不甚清楚的男聲。

「咦？後天嗎？好，我跟她說……」顏母像在跟那人講話，隨後暫且壓下火氣，向顏紫琴交代，「妳後天請假過來幫忙守靈。」

「什麼？」顏紫琴忍不住拔高聲量，又憶起自己仍在工作場合，連忙摀著手機，氣急敗壞地低嚷，「我工作也很忙啊，老闆又不喜歡我臨時請假，會扣獎金的！媽，妳別爲難我，我這裡眞的沒辦法……」

「辦法是人生出來的，總之假妳一定得請。」顏母態度強勢，「妳大伯說阿嬤有留下遺囑，指明要妳回來負責守靈三天。」

「三天？」顏紫琴簡直不敢相信，要她在那個鄉下地方待上三天，「那你們呢？妳跟爸……」

「我們會再找時間回去，大人的事妳不用操心……」顏母似乎急著去幫忙，三言兩語地倉促交代，「妳大伯還說，阿嬤的遺囑提到，只要妳守靈守完三天，妳這個當孫女的也會分到一份她的遺產。」

顏紫琴差點以爲自己聽錯，「遺產？什麼遺產？」

「晚點我再跟妳說……或是妳後天到阿嬤家，妳大伯會跟妳講詳細。」

手機裡傳來越來越多人聲，間或夾雜著有人喊顏母的聲音，聽起來阿嬤家那邊忙得不可開交。

顏母不再多談，無視女兒的連連追問，她掛掉電話，結束雙方通話。

「喂？媽？媽！」顏紫琴喊了好幾聲，不得不接受自己被掛電話的事實。

可她又太想趕緊弄清楚整件事，於是立刻回電。只是鈴聲響了半天，遲遲沒被接起，最後轉入了語音信箱。

顏紫琴只能放棄再打的念頭，改點開LINE，發出一大串疑問給自己母親，冀望對方晚點能給她回覆。

將手機擱在桌面上，顏紫琴還有些怔然，一時半會像是難以從方才聽見的衝擊消息中回神。

她那個重男輕女、向來對自己冷淡的阿嬤……居然會願意留下遺產給自己？

顏紫琴幾乎要懷疑是她媽在騙她了，她身上哪可能會發生這麼好的事。

回去守靈三天，她就能拿到遺產？

顏紫琴曾聽父母說過，阿嬤以前是有錢人家的小姐，後來家境沒落，但手邊似乎還攢著一些金條。只是她把私房錢看得很緊，沒人知道她藏在哪裡。

遺囑裡的遺產，會不會就是阿嬤藏起來的那些金條？

那可是黃金，能換一筆錢的黃金！

顏紫琴的呼吸不由自主地加快幾分，心頭也灼熱起來。

既然如此，那她肯定是要回去的！

三天忍一忍就過去，到時她就能拿著黃金去變賣，再用那筆錢租個更好的房子，她真的快受夠那間隔音差勁的老公寓了！

只要回到鄉下的阿嬤家……

顏紫琴激動的心情倏地一滯。

那個夢！

她中午時作的那個夢！

臉上布滿一條條猙獰裂痕的小女孩漾起天真笑容，稚幼的嗓音如今卻像是一條無形的繩索緊緊纏住顏紫琴的頸項，讓她幾乎呼吸不過來。

「妳快回來了，妳就要回來了，我在等妳喔。」

顏紫琴急促地呼吸著，手腳溫度一口氣退去，取而代之的是驚人寒意包覆住她的全身，整個人就像墜入冰窖。

那個小女孩在夢裡說要等她回去。

然後她就接到了電話，必須回鄉下替阿嬤守靈。

難不成夢裡的小女孩，或者說那個不知是何來歷的東西……就在鄉下等著她？

但是爲什麼……她怎麼可能會跟對方扯上關係？

她明明很少回鄉下，就算去了也只待上半天就跟父母一塊離開，更不用說高中後差不多一年才回去一、兩次……

不管怎麼想，她都不可能……不對。

顏紫琴腦中霍地空白一瞬，心臟似乎也跟著驟停一拍。

壓在記憶深處的一縷回憶撬開了盒子，像條蛇慢慢滑行出來。

一併出現的還有她幾乎忘得一乾二淨的回憶。

世界在這一秒好似失去所有聲音，顏紫琴身子微晃一下，反射性按住桌緣，瞠大的雙眸裡瀰漫著揮之不去的恐懼。

她想起來了。

小時候因父母工作繁忙，所以她上小學之前……都是住在阿嬤家。

接下來的時間，顏紫琴顯得魂不守舍。

她清掉看了就讓人沒食欲的牛肉麵，打開進貨表單，想強迫自己別再胡思亂想。

但越刻意，越是讓那些思緒如雜草瘋長。

顏紫琴無法控制地不斷想著。

她小時候在鄉下曾發生過什麼事，爲什麼會和那個小女孩扯上關係？

那座小廟又是什麼廟？

小女孩總是跟著小廟一塊出現，是不足有什麼特殊含意？

她的臉看起來像會隨時破裂，令人想到脆弱的瓷器。

樓梯間突然傳出的說笑聲和腳步聲讓顏紫琴驟然回神。

聲音的主人很快來到了二樓。

「咦？管家妳還在啊？」

「這麼晚了還沒下班嗎？」

今天入住的情侶檔在樓梯口停住，疑惑地看著仍坐在桌前的顏紫琴。

「啊，我……我剛好還在處理事情。」顏紫琴反射性把劉海往下撥了撥，深怕胎記被人瞧見。她飛快瞄了一眼筆電右下角顯示的時間，九點五十，她瞳孔不禁收縮，但臉上仍是熟練的營業式微笑，「等等就要離開了，晚安囉。」

「晚安。」兩名年輕人也回予笑容，繼續往樓上走。

待他們一消失在樓梯間，顏紫琴當即表情一沉，焦急地開始收拾東西，再也不想多留在民宿一分一秒。

她正常的下班時間是晚上八點，這還是她用排休不排六日、早上提早一小時上班換來的。

否則原本是九點。

九點要說晚也不算太晚，然而若到這個時間點才下班，等她回到租屋附近，路上往往已不見人煙。

路上沒人，顏紫琴就容易碰上怪事。

例如能聽見尾隨自己的腳步聲，但回頭卻沒有人；或是路邊站著一道人影，只不過人影陷入了牆壁中，而且沒有五官。

要不是今天接收到的衝擊太多，讓顏紫琴忽略了時間的流逝，她是不可能在民宿待這麼晚的。

將包包拉鍊拉上，顏紫琴抓起手機急急跑下樓。

早上上班她是走路來的，回去則是搭公車。站牌就在民宿旁邊的一個路口，不到兩分鐘路程。

顏紫琴加大步伐，一邊低頭查著公車時刻表，她還不曾在這個時間點搭車，怕錯過班次要等上很久。

ＡＰＰ上顯示的公車到站時間，讓顏紫琴煩躁地咂了下舌。上一班五分鐘前開走了，下一班還得等二十分鐘。

這樣跟走路回家的時間差不多，要繼續在站牌等嗎？還是說……

顏紫琴沒猶豫太久便決定用走的回去，走快一點說不定還能早點到家。不管怎麼想，都比等公車快。

顏紫琴住在狹窄巷弄的尾端，那邊有多棟老舊公寓，住的也都是一些老人家。九點後就沒什麼人聲，大多屋子熄了燈，靜悄悄的一片。巷裡的任何動靜都容易被放大，令人神經緊繃。

巷口路燈不知壞了多久，至今沒人來修理。加上兩側建築物投下的影子，導致入夜後的窄巷更顯幽暗。

偶爾還會見到野貓趴在牆頭，幽綠的眼睛瞬也不瞬地瞅著人不放，彷彿夜間兩簇陰森森的鬼火。

顏紫琴最不喜歡在晚上經過這條巷子，可自己住的公寓在巷底，不走不行。

她走到巷口時，已有些上氣不接下氣，看著眼前黑得像能把人吞噬的巷弄，下意識浮起一絲抗拒，但不走就回不了家。

站在原地躊躇片刻，顏紫琴從包包裡拿出隨身攜帶的平安符，緊緊捏在手中，另一手則是握著開啓手電筒功能的手機，這才鼓起勇氣踏進巷內。

手機的光束照亮顏紫琴身前區域，也帶給她安全感。她不敢左右張望，幾乎小跑步般一路往前衝。

不算長的巷子，到了夜晚卻有種像是被拉長無數倍的感覺。

顏紫琴覺得自己跑得很快，照理說她住的那棟老公寓應該快到了，可好像不管怎麼跑都看不到終點。

等到她跑得要喘不上來了，她終於驚恐地察覺到事情不對勁，連忙停下，查看旁邊的門牌號碼。

這一看，她登時倒吸一口氣。

她住的老公寓是五十號，然而此刻放眼望去，所有門牌上都寫著同樣的數字。

四十四號。

她這是……碰到鬼打牆了嗎？

顏紫琴心中發涼，她把平安符抓得更緊，嘴裡不斷喃唸佛號，咬牙再度往前大步疾走。

四十四、四十四、四十四、四十四……

不斷重複的數字包圍在顏紫琴四周，巷內猶如不見出口的迷宮。

倏然間，死寂的暗巷裡出現一陣嘎吱嘎吱的響動，聽起來像是搖椅發出的聲音。是從前面傳來的。

顏紫琴步伐一滯，她嚥嚥口水，最後還是硬著頭皮往前走。

隨著手機光線照耀，漸漸地勾勒出前頭景象。

一扇敞開的鐵門前，有人坐在一張搖椅裡慢慢搖晃。

顏紫琴走近了，才發現那是一名頭髮稀疏的阿婆。她手裡拿著大扇子，隨著椅子晃動，一下一下地搧著風。

待看清臉孔，顏紫琴心頭一鬆。她認得這個阿婆，對方常會要孫子把她的搖椅搬出來，好和左鄰右舍聊聊天。

熟悉的面孔讓顏紫琴有如溺水中的人見到浮木，她三步併作兩步地上前，張口想引起對方注意。

只不過聲音來到嘴邊，又驀然哽住。

顏紫琴慢一拍才想起來，自己似乎不知道對方叫什麼。

她上班出門時常見到，阿婆還會樂呵呵地喊她幾聲，但她都只隨便點個頭就匆匆離去，從來沒想過要好好與對方打招呼。

別無他法之下，顏紫琴乾脆直接喊了：「阿婆！阿婆！」

坐在搖椅裡的阿婆沒有轉頭，仍慢吞吞地搖著扇子，似乎沒聽到顏紫琴的喊聲。她的目光直盯著前方，不時還點點頭，呵呵一笑。

顏紫琴本來要往前的雙腳猛地停住，她都喊得那麼大聲了，阿婆照理說不可能沒聽見。而且對方看起來……爲什麼像在跟誰說話？

疑惑一旦冒出，顏紫琴發現到更多不合理之處。

方才見到熟悉面孔的驚喜讓她無暇細思，可現在轉念一想，這個時間點，阿婆的孫子哪可能會讓她獨自坐在外面？

顏紫琴背後沁出冷汗，她下意識抬起腳跟，想要往後退。

但一步都還沒踏出，原本像在跟看不見的人影說話的阿婆無預警轉過頭，她的手機光線正好對著阿婆的臉。

阿婆雙眼是黑黝黝的窟窿，咧開的嘴巴裡剩不到幾顆牙齒。

「做人要講信用，袂當供白賊喔。」

「呀啊啊啊啊——」顏紫琴放聲尖叫，跌跌撞撞地往後逃，只想逃離這個可怕的地方。

她跑得太急，腳下不小心絆著，整個人狼狽地往前撲，膝蓋撞上凹凸不平的柏油路面。

隨著尖銳的痛楚席捲而來，上方猝然傳來大力開窗的聲音，憤怒的罵聲跟著劈頭落下。

「幹恁娘咧！誰在鬼叫！當人不用睡覺喔！」

罵完後，窗戶又「啪」的一聲重重關上。

顏紫琴一時像忘了膝蓋上的疼痛，她維持著趴跪姿勢，呆然地抬起頭環視周遭。

搖椅不見了，那個阿婆也不見了。

一旁的門牌號碼恢復正常，四十四、四十六、四十八……

顏紫琴住的五十號就在巷子底。

顏紫琴的套房在公寓五樓，沒有電梯，只能走樓梯上去。

她每走一步都能感受到膝蓋傳來撕扯般的疼痛，但只能斷著氣，忍痛繼續往上走。費了一番力氣，總算來到五樓梯間。

這層劃分出五間出租套房，房間之間的牆壁採用輕隔間。

換句話說就是隔音特別差，鄰居若是動靜大一點，在房內都能聽得一清二楚。

偏偏顏紫琴隔壁房住著一個會帶男友回來的女生，小情侶時常不控制音量，嘻嘻哈哈的聲音不斷透過薄薄的牆壁傳來。

每當他們興致一來，更是毫不在意隔音問題，女孩拔得尖高的叫床聲令顏紫琴幾乎崩潰。

就算用被子蓋住頭，喘息聲、低吼聲，以及肉體碰撞的音響還是不客氣地直鑽進耳朵裡。

顏紫琴每天都恨不得鄰居能夠搬走，可惜願望至今沒有實現。

她不是沒想過換個更好的地方，但經濟壓力就是最現實的問題。

她沒有錢。

要是有，她早就離開這裡了。

顏紫琴從鄰居房間前經過，門板後飄出男人的說話聲，接著是女孩子的咯咯笑聲，顯然對方今晚又帶男友過來了。

顏紫琴此時沒有心情在意那對不懂得什麼叫輕聲細語的情侶。她拖著疲累不堪的身子回到房裡，將房門反鎖，包包隨便一扔，就想直接撲進床鋪裡。

幸好她及時想到自己膝蓋有傷口，要不然這一撞，又會痛得她哀哀叫。

顏紫琴忍住撲床的欲望，先替膝蓋做了簡單的處理，這才走進浴室洗澡。

洗完澡，更加強烈的疲憊感瞬間湧上，讓人只想立刻閉眼睡覺，什麼事都不想。

顏紫琴關掉電燈，躺進床鋪裡。可一閉上眼，那些被她極力忽略的聲音和畫面又重新浮現。

「約定好了喔，要當永遠的好朋友。」

「妳快回來了，妳就要回來了，我等著妳喔。」

夢裡的小女孩漾著天真無邪的笑容。

「做人要講信用，袂當供白賊喔。」

阿婆黑漆漆的眼洞彷彿還盯著自己不放。

無論是夢境或是夜巷裡碰到的靈異事件，都像在催促她趕緊實現約定。

可是，她眞的想不起來。

顏紫琴無意識地咬著指甲，感覺自己被偌大迷霧包圍，找不到逃脫的方向。

她對幼年住在阿嬤家的事沒什麼印象，更不用說那兩年鄉下的童年生活。

她不曉得這一次若眞的回去鄉下，會不會碰上什麼可怕的事。

要不然……還是別回去了？

但是阿嬤的遺產……

顏紫琴感覺自己心中有兩個小人在拔河，兩邊力道不分上下。她想要錢，卻又擔心回去後那個小女孩將不只出現在夢中。

顏紫琴焦慮地翻來覆去，遲遲無法下決定。她霍地起身找出手機，想看自己母親有沒有對遺囑和遺產的事再做解釋。

但是，沒有。

連已讀都沒有。

顏紫琴煩悶地把手機扔到一旁，強迫自己趕緊入睡。就算今天碰上一堆糟糕事，明天還是得上班。

顏紫琴閉上雙眼，然而女孩嬌媚的呻吟聲忽地從薄薄的牆壁後透出。

起初只是輕哼，過不多久開始拔得高昂，彷彿一點也不在意會被聽見。

黑夜中，顏紫琴漲紅了一張臉。她將棉被拉高，卻阻擋不了惱人的叫聲。

隔壁房的床架嘎吱晃動，有時還會撞上牆壁。

顏紫琴後悔自己沒早點買副耳塞，她緊閉著眼，試圖無視陣陣叫床聲，可對方顯然興致正高，動靜越來越大。

顏紫琴簡直要瘋了。

今天碰到的鳥事難道還不夠多嗎？那些噁爛的房間，接連騷擾她的惡夢，就連下班回家都撞上鬼打牆！

現在她只是想好好睡個覺，隔壁的人還在那邊嗯嗯啊啊地叫個不停。

啊啊啊！她真的受夠了！

顏紫琴一時怒從中來，做了平時絕對不敢做的事——她抓起床頭櫃的鬧鐘，使勁往牆邊砸去。

驚人的聲響立刻在房裡炸開，同時也強力地穿透到隔壁。

隔壁房安靜一瞬，緊接著是男人罵罵咧咧的聲音響起。

顏紫琴的勇氣就像微弱的火苗，被風一吹就熄滅。

她用被子將自己裹得緊緊，就怕隔壁男人走出房間，到自己的套房前砸門。

好在顏紫琴害怕的事沒有發生，但那對男女就像是故意跟她作對，接下來喘叫得更大聲。

「嗯……啊啊……啊噫！再來、用力一點！」

「幹，好爽！真他媽爽……夾那麼緊是想把你老公夾死換一個嗎？」

顏紫琴只能摀著耳朵，又氣又羞，眼淚溢出眼眶，滲入枕頭套裡，她恨不得能逃離這個鬼地方。

如果她有錢，只要她有夠多的錢……

不甘和憤怒瞬間壓過了對回鄉的畏怕。管鄉下等著她的是什麼，是人是鬼都無所謂了，那些東西會比沒錢可怕嗎？

顏紫琴心裡只剩下一個念頭。

她絕對要回去守靈。

把阿嬤的遺產拿到手！

回阿嬤家的日子轉眼就到。

雖然被扣了獎金，還遭受冷嘲熱諷，但顏紫琴總算成功向老闆請到三天假。由於車程遙遠，搭了客運後還要轉搭火車，再搭公車……整趟下來幾個小時跑不掉，因此顏紫琴一大早就出發。

或許是決定了要回鄉，昨晚顏紫琴就不再作關於小廟和小女孩的夢。除掉前半夜隔壁鄰居的擾人行徑，後半夜顏紫琴意外地睡得還不錯。

出門時顏紫琴正巧碰上隔壁開門，看過幾次的男人頂著一頭亂髮走出來，穿著鬆垮垮的上衣。

男人瞧見顏紫琴，露骨地打量她全身一遍，還露出了下流的笑容，「昨晚聽得過癮嗎？有沒有自己也弄起來？」

顏紫琴抓著包包肩帶的手指用力到泛白，她緊繃著臉，裝作什麼也沒聽見地快步從男人身邊經過。

後頭傳來男人的嬉笑。

「要不要叫我女朋友借妳玩具弄啊，她很多的！」

顏紫琴幾乎是落荒而逃地跑出了老公寓。

幸好除了早上那件噁心事之外，接下來都挺順利。

高速公路沒塞車，火車沒誤點，從火車站出來不久就等到要坐的公車緩緩駛來。

顏紫琴抱著裝有換洗衣物的背包坐在靠窗位子，看著窗外略顯陌生的風景，已經不太記得有多久沒自己搭車回阿嬤家了。

阿嬤家在一個叫作草野村的小村莊裡。

在顏紫琴的印象中，似乎隨處都能看見大片稻田。透天厝不少，但也保留了一些三合院、四合院。

晚上八點差不多就會黑成一片，即使有路燈，也隔得遙遠，出門得帶上手電筒，以免不小心跌入田裡。

鄉間路有些顛簸，車子一路搖搖晃晃的，窗外的景色也從熱鬧變得冷清。

密集的建築物變少了，低矮的田野開始出現。

顏紫琴事先吃了暈車藥才沒有太過難受，但硬邦邦的椅墊仍讓她坐得屁股發疼。

就在顏紫琴坐到快麻掉之際，公車終於抵達目的地。

草野村只有一個公車站牌，時刻表上的班次少得可憐，間距起碼有一到三小時。村人大多是自己騎車或開車，搭公車的通常都是老人家。

顏紫琴搭的這班車沒幾個人，在前幾站都下車了，到草野村時只剩下她一個。下了公車，顏紫琴只覺得全身骨頭像要散開。她按著發硬的肩頸、扭扭脖子，稍微舒展一下緊繃的肌肉。

距離上次搭公車到草野村已經太久，該怎麼走到阿嬤家顏紫琴沒什麼印象了。她拿出手機，想直接從地圖上查找。

突如其來的喇叭聲從身後響起，她以爲是自己擋到人車了，趕緊往路邊靠，一台深藍色小轎車在她面前停下。

顏紫琴沒多想，只以爲那台車剛好要臨停。她低頭研究著路線，下一刻卻聽見有人喊她。

「小琴？顏紫琴嗎？」

顏紫琴反射性抬起頭，眼裡是藏不住的錯愕，顯然沒想到會突然聽到自己的名字。

藍色轎車的車窗不知何時已降下，坐在駕駛座的是個留著齊耳短髮的女人，戴著淺褐色墨鏡。

顏紫琴疑惑地看著車裡的女人，確定自己不認得，「請問妳是……」

「真的是妳啊！顏紫琴，我果然沒認錯！」短髮女人摘下墨鏡，露出一雙漂亮的眼睛。她輪廓深邃，肌膚是健康的小麥色，笑起來時給人英氣爽俐的印象，「妳都沒啥變耶，我一眼就認出來了。」

「那個，不好意思……」短髮女人的熱絡讓顏紫琴有絲不自在，「所以妳是……」

「我是阿螢，柳思螢。妳小時候常跟在我屁股後面跑，像條甩不掉的小尾巴。」柳思螢笑咪咪地說。

「柳、柳小姐妳好。」顏紫琴對柳思螢說的事沒半點印象，她擠出尷尬的笑容，想趕緊結束對話，「小時候的事……其實我不太記得了，不好意思啊。」

「沒事沒事，我記得嘛。」柳思螢彷彿沒察覺到顏紫琴的困窘，越發來了聊天的興致，「妳怎麼會突然回村子裡？妳……」

柳思螢驀地像是意識到什麼，她低呼一聲，隨即斂起笑容，臉上流露出歉意。

「抱歉，是因爲妳阿嬤才回來的吧……沒想到她會走得那麼突然，眞讓人遺憾。

我直接載妳過去吧，省得妳還要走一段路。」

「咦？不、不用了，我自己走就可以……」

「沒關係，反正也順路。妳大概忘了，我家離妳阿嬤家不遠，就在隔壁巷子，上車吧。」

見柳思螢堅持，顏紫琴不再推拒，能少走一段路總是好的。

柳思螢開著車，也不在意顏紫琴忘了自己這個童年玩伴，態度隨意地說著自己現在在草野村努力當小農，每天都泡在田裡和農作物奮鬥。

顏紫琴沒想到柳思螢務農，偷瞄了幾眼對方放在方向盤上的手臂，頓時理解那結實的肌肉線條是怎麼來的。

柳思螢說了自己的事，也問起顏紫琴的事，似乎對她這些年在大城市的生活感到好奇。

「也……也沒什麼特別的，就很普通啊。」顏紫琴沒辦法像柳思螢那麼自來熟，說起話來有些拘謹，「大學畢業後就找工作，現在是在外面租房子住，然後在民宿當管家。」

「挺厲害的嘛，哪像我還賴在老家。」

「怎麼會？柳小姐選擇當小農才厲害，一定懂很多吧。」

「別喊柳小姐，聽起來太生疏了。喊我阿螢就行，妳以前都這樣喊的。」

顏紫琴乾笑幾聲，沒有給出回應。

就算柳思螢表現得隨和親切，據說小時候還常和她一起玩，但對毫無印象的她來說，對方無疑就是一位不熟的陌生人。

要她直接親近地喊人阿螢，她一時還真喊不出口。

柳思螢穩穩地開著車，有一搭、沒一搭地與顏紫琴說著童年的事。可惜顏紫琴還是沒勾起丁點回憶，對柳思螢的話題自然產生不了共鳴，只能乾巴巴地嗯嗯幾聲，或是故作忙碌地低頭看手機。

好在目的地沒多久就出現在眼前，這讓顏紫琴暗暗鬆了一口氣，總算可以結束令她坐立難安的尬聊。

柳思螢沒把車開過去，而是提前讓顏紫琴下車。

「謝謝妳了，柳……」顏紫琴猶豫一下，還是換了個稱呼，「阿螢。」

柳思螢瞇眼笑起，顯然喜歡聽人這麼叫自己。

顏紫琴解開安全帶，打開車門下車，緊接著又被柳思螢喊住。

「小琴，等等。」

顏紫琴回過頭。

「妳還記得那次……那次讓妳後來生病的捉迷藏嗎？」

「捉迷藏？」顏紫琴一頭霧水地跟著重複這幾個字。

柳思螢欲言又止，最後吐出一口氣，眼裡浮上一絲愧疚之色。

「雖然這聲道歉來得太晚，但我還是想跟妳說聲對不起……我那時候不該丟著妳一個人，自己卻和其他人跑走，害得妳後來大病一場。」

顏紫琴起初只覺得柳思螢的道歉莫名其妙，可當她聽見後面這幾句，身子一僵，瞳孔遽然收縮。

她的夢！

她曾夢過一群小孩在玩捉迷藏，卻獨獨找不到自己，接著就出現小樹林的石廟。難不成柳思螢說的那場捉迷藏，和自己作的夢有什麼關聯？

柳思螢似乎沒留意到顏紫琴神色有異，將憋在心裡的話說出來後，她露出一副如釋重負的表情。

「總算是說出來了……其實我當時被阿公揍一頓就很後悔了。」柳思螢自顧自地說，「但去找妳時，妳已經跟妳父母回去都市了。對不起啊，欠妳這麼久的道歉。」

「妳說的那場捉迷藏……」顏紫琴一個箭步回到車窗前，急迫地想要追問更多。

但話剛出口就被另一道女聲蓋了過去。

「小琴？是小琴回來了嗎？」

顏紫琴扭過頭，看見大伯母從屋子裡走出來。

確定自己沒認錯人後，大伯母連忙上前，「妳大伯還在叨唸怎麼還沒看到人……妳到村子怎麼沒打電話跟我們說，我會叫妳大伯去載妳……哎呀，這不是阿螢嗎？」

「阿姨妳好。」柳思螢有禮貌地和長輩打著招呼，「我在路上剛好看見小琴，就載她過來了。」

「不好意思啦，還麻煩妳。」大伯母朝柳思螢道著謝，「妳跟小琴也很久沒見了吧，有空再來……還是改天吧。」

想到家裡正在辦喪事，來到嘴邊的邀請立刻吞了回去。

大伯母在旁邊，顏紫琴也不好多問當年那場捉迷藏的事，但又不想錯過可能的線索，她連忙問向柳思螢，「阿螢，可以加個LINE嗎？」

「當然好啊。」柳思螢馬上掏出手機，與顏紫琴互加好友。

知道顏家正逢喪事，有許多事要忙，柳思螢也不好意思拉著顏紫琴聊太久，她擺擺手，向兩人道別。

車窗重新升起，藍色小轎車駛離顏紫琴面前，拐了個彎就不見蹤影。

顏紫琴阿嬤家是棟兩層樓的透天，紅鐵門敞開著，門外貼著粉紅色字條，上頭寫著大大的「慈制」。

外人一看就知道屋內有女性長輩過世，裡面正舉行著喪事。

靈堂設在庭院位置，一踏入紅鐵門就能見到。

看見顏紫琴走進來，坐在門邊椅子上的大伯站起身，「小琴來了啊，怎麼沒打電話叫我們去站牌接妳？」

「是阿螢載她過來的啦。」大伯母解釋，「就是隔壁巷的那個阿螢，柳土伯他們家的，你還有印象嗎？」

「喔喔，柳家的那個女孩子……我記得她回來種田了，真搞不懂現在年輕人在想什麼，城市的工作不做，偏要跑回來種田……」大伯敲敲坐得僵直的背。

「你管人家的事那麼多。」大伯母沒好氣地睨了一眼，「小琴啊，妳先把東西放一放，再過來給阿嬤上香。」

顏紫琴點點頭，目光下意識閃避著靈堂，提著包包跟著大伯母走進客廳。

原本擺放桌椅的空間如今被布幔圍起，隱約能見到後頭有著長方形的輪廓。

顏紫琴心頭一跳，領會到那是何物後，雙眼也飛快垂了下來，不敢直視。

後面放著的——是冰櫃。

安置著阿嬤遺體的冰櫃。

顏紫琴不是沒參加過喪事，但還是頭一次與死亡如此接近。

縱使知道躺在冰櫃裡的是她的親人，可只要一想到對方如今變成冷冰冰、沒有呼吸也沒有心跳的肉塊，只覺得手腳一陣發軟，抑制不住從心裡湧上的畏怕。

大伯母自是不知姪女的想法，她將人領到緊鄰客廳的一間房。裡頭家具看起來陳舊，頗有歷史感，但整理得乾乾淨淨。

「這幾天妳就先睡這裡，晚上守夜要是太累了，也可以進來躺。雖然妳阿嬤說要妳守三天，但也沒必要整晚不睡覺……我先去忙了，妳放好東西記得去找妳大伯。」大伯母匆匆交代幾句，人又出去了。

顏紫琴忍不住咬了咬嘴唇，沒想到大伯母會把自己安置在這裡。

這裡是阿嬤生前睡覺的房間。

顏紫琴把包包放在鏡面模糊的梳妝台上，在木床床緣坐下。

房間不算小，還有對外窗，往外就能看到田間景色。

然而只要一想到這裡是阿嬤以前睡的，現在又和放置阿嬤遺體的冰櫃只有一牆之隔，顏紫琴就感到渾身不自在。

但這些抱怨不可能真的說出口，被聽到了說不定還會被駁斥：那不是妳阿嬤嗎？怕什麼？

顏紫琴呆坐一會，想到柳思螢離開前說的那些話，連忙拿起手機，想跟她約個時間見面。

遲疑了下，她還是把小廟的事也打上去，也許柳思螢碰巧知道也不一定。

把手機塞進口袋，顏紫琴離開房間，回到靈堂前。

思及至今沒看到兩名堂哥，顏紫琴好奇地問出口：「堂哥他們呢？」

「他們上班去了。」大伯點燃一炷香，交到顏紫琴手中，「大的那個晚上回來，小的明天才回來，半夜就由他們輪流守……妳拜好我再跟妳說阿嬤遺囑的事。」

阿嬤的遺照放在靈桌上，選用的是她還沒患上失智症的照片，看起來神采奕奕，嘴角還掛著笑。

與顏紫琴回憶中冷淡、嚴厲，或失智後神神叨叨的模樣大不相同。

那似乎是顏紫琴不曾見過的阿嬤。

靈桌上擺著鮮花素果、蓮花燈和香爐，佛樂不間斷地播放，桌下還擺著一張小凳子，一旁備著多盒毛巾。

顏紫琴猜測，那應該是給來上香親友的。

顏紫琴手拿著香，對著遺照方向大膽地瞄一眼。

照片裡的老人笑吟吟，與她印象中的像是不同人。

回想起阿嬤總是對堂哥比較熱絡，顏紫琴心裡不由得生起一抹不平。

大伯在旁邊絮絮叨叨，「媽，妳孫女回來看妳了，妳以前最喜歡小琴了……她這次會回來幫妳守靈，妳心裡歡喜吧。」

顏紫琴懷疑自己聽錯。阿嬤怎麼可能最喜歡她，但大伯也不至於在死者面前胡言亂語吧。

顏紫琴懷抱著滿腔疑惑，還沒等她問出來，大伯已伸手替她將香接過去，插進香爐裡。

「妳媽跟妳提過阿嬤遺囑的事了吧。」

「嗯，但沒說得很清楚……大伯，阿嬤的意思到底是？」

「這裡空氣悶，要不要進去客廳說？」

「不了，這裡就可以。」顏紫琴立即搖頭，她寧願面對阿嬤的遺照，也不想和冰櫃靠那麼近。

大伯坐回位子，先是抿抿嘴，像是在思考從哪邊說起。

顏紫琴坐在大伯對面，發現只是幾個月沒見，那張木訥黝黑的臉好像變得更憔悴了。眼角邊的紋路像是深深的溝壑，眼裡有著掩不住的疲憊。

「妳阿嬤……走得很突然。」大伯冷不防開口，「還是鄰居先找到她的，找到時人已經……送到醫院也救不回來。不過她在清醒時跟我提過，她有留下一份遺囑，就放在房間櫃子裡的保險箱。要是她不在了，再把遺囑拿出來。」

顏紫琴安靜地聆聽。

「她生前就把手上的錢做了規劃，她疼你們這些孫輩的，孫子孫女都各留一份。只是給妳的那份，有個要求……」

「要我替阿嬤守靈三天對吧。可是，爲什麼？我不懂。」

「妳阿嬤以前最疼妳，才會希望妳替她守靈吧。」

「但我……」顏紫琴欲言又止，她實在不明白大伯是從哪裡看出阿嬤最疼她。阿嬤對她明明很冷淡，失智後認不得人，有時看見她更會指著她鼻子大罵：「我不認識妳，妳不是我孫女！妳走開，妳出去，不准進我家！」

大伯長嘆了口氣，「妳阿嬤老人痴呆後，對妳是比較凶，但她也沒辦法控制。」

「我知道她生病了……」顏紫琴低聲說，「可是以前，比起我……她比較喜歡堂哥他們吧。」

「胡說什麼呢？」大伯不以爲然地說，「妳小時候住在這裡，都是阿嬤照顧妳。她疼妳疼得不行，什麼好吃的都先留給妳，妳那兩個堂哥皮得跟猴子一樣。尤其小的那個，最常被阿嬤追著打。」

或許是想像到那畫面，顏紫琴忍不住噗哧一笑。

「反倒是妳，去了大城市後就跟阿嬤不太親了，也少回來……」大伯感慨萬分地說，「妳自己說說，這些年妳主動回來看過阿嬤幾次？」

顏紫琴面皮一燙，垂著眼，心虛和羞窘交織，一時竟不知該如何回答，也不敢直視大伯像看穿一切的眼神。

幸好大伯沒有揪著這個話題不放，他又說了些關於遺產的事，就拍拍顏紫琴的肩膀，「守靈也不是眞的要妳一直待在這裡不動，早上有我跟妳伯母輪流，晚上妳再跟妳堂哥們一起……妳也很久沒回來這了，可以先出去走走逛逛。」

顏紫琴頓時如釋重負，正想說那她就去外面隨便走一圈，忽地想起自己發給柳思螢的訊息。她拿出手機檢查，發現對方回覆了。

「大伯，你知道阿螢……柳思螢的家怎麼走嗎？」

柳思螢的家距離顏紫琴阿嬤家並不遠，就如她之前所說，兩家只隔了一條巷子。

看著訊息上寫的住址，再看看面前的門牌號碼，顏紫琴確定自己沒找錯地方。

只是她沒想到柳思螢家的大門上掛著一面寫著「紫薇堂」的匾額，門外還擺著一座大型香爐，看起來就像是私人宮廟。

但透過紗門往裡頭望去，怎麼看都像普通客廳，壓根沒見到宮廟會有的神壇。

顏紫琴在外面找了一圈，沒看到電鈴。但要她對著屋裡大喊「柳思螢」，她又覺得彆扭。

顏紫琴猶豫一會，還是決定打電話跟柳思螢說她到了，人就在外面。電話還沒來得及打出去，顏紫琴身後先冒出一陣大嗓門。

「小姐，妳來找誰啊！」

顏紫琴嚇了一跳，回頭看到一個中年婦人滿是好奇地打量著她。

「妳看起來滿眼熟的……是來找我們家阿螢的嗎？」

「對、對……」顏紫琴結巴地說，「我是來找……找柳思螢的。阿姨妳是？」

「啊哈哈哈，我是她媽媽啦！喊我許阿姨就好了！」許阿姨打開紗門，親切地招呼顏紫琴入內。一踏進客廳，她就扯著嗓子大吼，「柳思螢！妳朋友來找妳了！妳還不快點下來！是跌進廁所裡吼！」

再轉頭面向顏紫琴，揚起熱情的笑臉，「坐啊坐啊，阿姨去拿飲料給妳喝。」

「不用了，阿姨眞的不用了。」顏紫琴急忙搖手拒絕。

許阿姨對顏紫琴的推拒充耳不聞，風風火火地衝進廚房，沒過一會便拿著沙士和一盤水果出來。

「妳以前是不是來過？總覺得有點印象……是我們阿螢的同學嗎？哪裡人啊？現在做什麼工作？結婚了嗎？」許阿姨就跟大部分中年婦女一樣，習慣性地打探起別人的身家狀況。

顏紫琴捧著被強行塞進手裡的飲料，面對陌生人的連珠炮追問，她表情僵硬，腳趾在鞋子裡蜷縮又伸開。

尷尬和焦躁在心裡滋長，顏紫琴對遲遲沒露面的柳思螢也生起埋怨。要不是對方還不下樓，她又何必枯坐在這，直面那些跟挖人隱私沒兩樣的問題。

「我……我現在在民宿工作，還是單身。」顏紫琴乾巴巴地回應。

「民宿喔？民宿不錯啊，在那邊工作還能兼度假哈哈！」許阿姨見顏紫琴沒動桌上的水果，忙不迭將盤子往她推去，「吃一點，都家裡種的。別客氣啊，很甜的！」

被許阿姨直勾勾地盯著，顏紫琴像是耐不住壓力，伸手拿起最小塊的蘋果。

「哎唷，阿螢那孩子到底在搞什麼？」許阿姨一下又跳脫剛剛的話題，起身大步走向樓梯口，「柳思螢，妳是睡死了嗎？妳朋友來還不動作快一點！」

「來了，這就來了！」柳思螢的大叫聲終於自樓梯間傳出，接著響起一陣倉促的腳步聲，「我剛在沖澡嘛！我已經超快了，媽妳很煩耶！一直催催催！」

趁許阿姨沒留意到自己，顏紫琴飛快將還沒吃的蘋果放回去。

柳思螢的身影很快出現在顏紫琴視野中。

她換了寬鬆的上衣，頭髮還沒來得及打理，髮梢亂翹，卻也為那張英氣的面孔多了幾分颯爽。

「嗨，小琴。」柳思螢在離地板還有三、四級階梯時一口氣俐落躍下，然後馬上挨了許阿姨不客氣的拍打。

「是不會好好走路嗎？萬一跌倒怎麼辦？」許阿姨瞪了自己女兒一眼，「妳阿公就是因爲摔倒才會那麼早走。」

「我知道，我有在留意的……媽，妳還記得小琴嗎？」柳思螢輕易轉移自己母親的注意力，「小琴，顏紫琴。」

「顏紫琴、小琴……」許阿姨轉頭盯著顏紫琴，陷入了思索，「姓顏、顏……小琴……」

許阿姨的記憶倏然被觸動，臉上表情也從疑惑轉成恍然大悟。

「啊！是顏李素姨家的小琴對不對？隔壁巷、以前常跟我們阿螢玩的小琴！」

反倒是顏紫琴花了一會兒的工夫，才反應過來許阿姨口中提及的「顏李素姨」是她的阿嬤。

回想起顏紫琴是女兒的玩伴，更是認識長輩的孫女，許阿姨頓時更加熱絡。

「哎呀，原來是小琴，都長那麼大了！好久不見了呢！」許阿姨興沖沖地坐回沙發，笑咪咪地望著顏紫琴，「怪不得我第一眼看到妳就覺得眼熟……妳都沒什麼變呢。妳以前常來我們家玩，還記得嗎？」

「是、是這樣嗎？」顏紫琴只能扯出僵硬的笑，「我有點記不清楚了……」

「妳小時候還曾讓我爸幫忙收驚呢。」許阿姨像是沒察覺到顏紫琴的困窘，樂呵呵地說起她年幼時的事。

「收驚？」顏紫琴游移的目光不禁轉回來，「阿姨，妳說的收驚是……」

「就我阿公，以前是替人收驚的啦。」柳思螢換上運動鞋，走過來將顏紫琴拉起，「媽，妳別抓著人一直講不停啦。小琴是來找我，又不是來找妳的。小琴我們走吧，去外面走走逛逛。」

「妳這孩子，人家小琴都還沒吃完水果……」許阿姨瞪了自己女兒一眼，面向顏紫琴又恢復笑臉，「不然小琴妳帶回家吃啦，阿姨幫妳裝起來。」

不給顏紫琴拒絕的機會，許阿姨馬上端著水果盤，快步走進廚房。

「真的不用……」顏紫琴不喜歡這種強迫的好意，況且她也不喜歡吃蘋果，可她又沒勇氣強硬推拒，最後只能嘴上無力地喃喃。

「我媽就是這樣好客，別在意。」柳思螢拍拍顏紫琴的肩，向她說起自己阿公的事，「妳在外面看到那個寫紫薇堂的牌子了吧。」

「對，還有一個很大的香爐。」

「小時候，我家是私人宮廟，我阿公專門幫人收驚、拈米卦……後來年紀大就沒做了，之後又因爲不小心從樓梯摔下來，早早就去了。」柳思螢嘆口氣，「家裡留著那些東西也算是紀念。」

「阿姨說我以前來你們這裡收過驚……」

「唔，這我不太記得，得問我媽吧。」柳思螢瞥見母親拎著塑膠袋從廚房走出來，立即高聲問，「媽，小琴以前幹嘛要給阿公收驚啊？」

「啊？收驚喔？我想想……蘋果先拿著。」許阿姨不容拒絕地把一大袋切好的蘋果塞到顏紫琴手上。

「好像是小琴有一次很晚才回來，顏李素姨擔心得要死，還找了我們街坊鄰居一起去找人……結果小琴自己先回來了，回來後突然昏倒，醒了又傻傻的不理人，後來顏李素姨才把人帶來這收驚……妳阿公那時好像是說，小琴那麼晚一個人走在路上，才會被好兄弟沖到啦。」

顏紫琴對許阿姨說的事全無印象，對她而言，聽起來更像是在說別人的事。

「不過眞奇怪啊……」許阿姨百思不解地說，「小琴妳那時候怎麼會一個人在外面玩那麼晚？平常不都是黏著阿螢？」

顏紫琴自然回答不上來，她連幼時的事都記不清了。

反倒是一邊的柳思螢面色微變，她突兀地打斷自家母親的喋喋不休，「不跟妳多說啦，我們先出去了。」

「要問的是妳，現在嫌我囉嗦的也是妳。」許阿姨朝柳思螢嫌棄地擺擺手，「去啦去啦，妳到時記得……算了，今天太晚，妳明天記得去給小琴阿嬤上香。」

「知——道——」柳思螢將兩個字拖得長長，推著顏紫琴趕緊往外走。

一離開柳思螢家，顏紫琴大大地鬆了一口氣。

再待下去，她都要尷尬到爆炸了。她實在受不了許阿姨那種接近強人所難的熱情，更不用說那些更像打探別人隱私的關心。

「不好意思喔，我媽太熱情，可能有點嚇到妳了。」柳思螢帶顏紫琴往稻田那邊走，「鄉下人大多是這樣啦，習慣就好。妳之前LINE上說想問捉迷藏的事？」

「對。我以前……很常跟你們玩捉迷藏嗎？」

「主要是跟在我後面啦，妳那時常常說要當我的新娘子，新娘子要跟新郎一起才可以。」柳思螢哈哈一笑，「我小時候頭髮剪更短，看起來跟男生差不多。不是我臭屁，我當時可是比村裡的男生都還帥！」

顏紫琴瞄向對方英氣的側臉，就算不記得童年回憶，也知道對方沒有誇大其辭。

柳思螢長得很好看，中性偏帥氣，但又不會被錯認性別的那種好看。

「不過那時候……小屁孩一個，愛面子，被妳一天到晚黏著，其他人又起鬨說我的新娘子來了，所以那時候才一時衝動……」柳思螢撓撓臉頰，露出一抹苦笑，「真的很對不起啊，我媽剛提到的那件事，她說不知道妳爲什麼會一個人在外面玩那麼晚……其實都是我害的。」

「咦？」顏紫琴愣了愣，雙眼睜得大大，似乎一時沒辦法理解。

柳思螢雙手插在口袋，慢慢地呼出一口氣，目光眺望著遠方，將當年犯的錯事傾倒出來。

「我小時候也算孩子王，總是跟男生混在一起玩，妳則是跟在我後面的小尾巴。那次妳也堅持要跟著我們一起去祕密基地玩捉迷藏，也不曉得妳是怎麼躲的，大家都找不到妳，以爲妳回家了，所以我們也回家了。我沒去妳家確認，後來才知道妳還沒回去。」

捉迷藏、被拋下……就和她的夢一樣。

顏紫琴心頭一跳，夢裡記憶被勾起，不禁脫口而出：「是不是在一個叫黑森林的地方附近？」

「妳怎麼知道？妳想起來了？」柳思螢驚訝地轉過頭。

「不是……」顏紫琴猶豫了一會，才下定決心說出自己近期的夢。

她作的夢雖然有時會變換場景，但主要還是那場她被拋下的捉迷藏，以及藏在樹林中的那座荒廢小廟。

聽完顏紫琴的敘述，柳思螢陷入了靜默，半晌後才斟酌地開口：「大城市生活忙碌，又碰上妳阿嬤突然過世，妳得大老遠地回來村子裡……小琴，妳這陣子一定很累了吧。」

即使柳思螢沒有說得很明白，可顏紫琴聽得出對方沒把她的話當眞，恐怕還認爲這只是壓力大造成的。

「我知道聽起來很荒謬，但、但是……我眞的一直作那個夢，我沒騙妳。我對以前住在這裡的事沒印象，可是夢卻很清楚。那座樹林、那些小孩，還有那間小廟！」

顏紫琴一開始還能控制情緒，可說到後來，連日惡夢及撞鬼帶來的影響讓她再也克制不住，語氣變得激動起來。

「那座廟是存在的吧！我不曉得那是什麼廟，但它就在黑森林裡，廟看起來沒人拜了，裡頭還擺著一尊石像……它還在吧！我會作那些夢肯定跟它有關！那一次捉迷藏之後，我到底發生了什麼事？告訴我，我想要知道！」

似乎是被顏紫琴逼人的氣勢震懾住，柳思螢張張嘴，最後還是把記得的事全部說出來。

「我只聽說妳一個人回來後生了病，沒幾天就跟著妳父母離開了，我不曉得妳阿嬤曾帶妳來我家收驚……我那時害怕自己闖大禍，一直不敢去找妳。還是我阿公察覺不對勁，逼問我，才知道我們曾偷偷去黑森林附近玩，他氣得揍我一頓。」

「黑森林裡到底有什麼？為什麼我夢裡的小孩都說大人不准他們到那邊玩？」

「眞正要講，也沒什麼吧……那裡的確有座廟，也不曉得是什麼時候就有的，聽說很久以前就一直在黑森林裡。嗯，那是座陰廟，樹林又挺陰暗的，因此老一輩的都說那邊很陰，小孩子去了容易碰上歹咪呀。我以前……妳還沒來村裡時，曾因為跑進黑森林結果不小心跌倒摔傷，我阿公就禁止我去那邊，所以後來我都是偷偷去。」

「妳說……陰廟？」顏紫琴愕然。

她知道陰廟是什麼，是專門拜孤魂野鬼的。

也就是說，夢裡的那個小女孩果眞是……鬼？

柳思螢卻誤以為顏紫琴沒聽過陰廟，向她解釋道：「陰廟不是像我們一般去拜的那些廟，那些廟都是拜正神的。陰廟祭祀的是一些無主孤魂，像有應公廟啊、百姓公廟啊，這些就都是陰廟。至於黑森林裡面的，好像是叫什麼……對對，花童廟！」

「花童廟？」顏紫琴第一次聽到這個名字。

說到花童，常人的第一印象就是婚禮上陪伴新人的可愛小孩子。

顏紫琴反射性也想到這個，緊接著才意識到這個方向肯定不對。

「我記得花童指的好像是早夭的小女孩……」柳思螢的話聲忽地變小，她想起顏紫琴說自己總是夢到一個陌生小女孩。她舔舔嘴唇，聲音有點發乾，「等等，應該不可能吧……」

「我不知道……」顏紫琴嘴上沒給出肯定答覆，可心裡已經認定夢中的小女孩就是花童廟的亡靈，「阿螢，黑森林在哪？妳能帶我去嗎？我想去親眼看看花童廟，也想弄清楚……她為什麼偏偏纏著我不放？」

「我記得黑森林怎麼去，廟還在不在就不確定了。」柳思螢望了眼漸暗的天色，「不過今天不能帶妳去，太晚了。」

「現在才傍晚。」顏紫琴只想趕緊解決事情，不想再拖下去。

「很快就會全暗了，那邊路也不好走。不管究竟陰不陰，我都不想在晚上跑去那邊。」柳思螢斬釘截鐵地拒絕。

顏紫琴咬著嘴唇，來到舌尖的「不然妳告訴我怎麼走，我自己去」，怎樣也說不出口。

她沒忘記自己八字輕，獨自走夜路容易碰上怪事。

「而且小琴妳還得回去守靈吧。」柳思螢提醒。

顏紫琴一個激靈，她滿心都放在夢境與花童廟上，還眞的差點忘了這件事。

「明天中午後我再去找妳吧，正好去上炷香。」柳思螢笑著說，「別擔心，不會放妳鴿子的，妳是我的小新娘子嘛！」

那種眞相似乎就在眼前，偏偏又無法揭開的感覺，令顏紫琴感到難以忍受。她現在只希望時間過得快一點，最好一眨眼天就大亮，她也不用枯坐在靈堂爲阿嬤守靈。

但現實是，外面的天色仍暗沉得很。

屋外一片死寂，靜得聽不見一點人聲或車聲。

偶爾會有幾聲蛙鳴縣響，如果朝外望出去，映入眼中的是伸手不見五指的黑，附近的田野和房舍都像被黑暗吞沒。

這與顏紫琴待慣的大城市截然不同。

即使是她住的老公寓那帶，家家戶戶雖說也早早熄燈，沒有過多聲響——隔壁鄰居除外——但只要打開窗，就能瞧見不遠處亮晃晃的燈火，車聲更是絡繹不絕，無論怎樣都和寂靜劃不上等號。

顏紫琴不太習慣鄉間過分的安靜，丁點風吹草動好似都會被放大無數倍。

或許是擔心她第一次守靈會感到不自在，除了下班趕回村裡的大堂哥，原本說只負責白日的大伯也特地留在靈堂裡，而不是像大伯母早早休息去。

淡淡的線香味迴繞在靈堂裡，佛樂二十四小時不停歇地播放。

三人坐在不算寬敞的靈堂內，有一搭、沒一搭地說話，主要還是大伯問起顏紫琴的生活近況。

顏紫琴不是很想回答，但礙於對方是長輩，只能乾巴巴地擠出幾句話。

大伯沉默下來的空檔，顏紫琴心不在焉地滑手機，完全不打算主動開啓話題——她還真不知道這時候能跟大伯他們聊什麼。

畢竟一年大概只見個一次面，能聊的話題有限。

手機上倏地跳出LINE的通知。

是柳思螢傳訊息過來。

顏紫琴點開視窗一看，柳思螢說起自己問了家裡人花童廟的事，她媽說廟應該還在，但應該也淹沒在草叢裡了。

花童廟很久以前已沒人祭拜，現在也不知道破敗成什麼樣，總之她們明天去看就知道。

顏紫琴回了一個ＯＫ的表符，嘴裡不自覺喃唸出「花童廟」這三字。

「小琴，妳在說什麼廟？」大堂哥離顏紫琴比較近，正好聽見她的喃喃自語。大伯也跟著看過來。

顏紫琴原本不想多說與自己有關的事，不過一對上大伯的視線，驀然想起柳思螢曾說長輩對花童廟的了解可能比較多。

「大伯，村裡是不是有一座花童廟呀？」顏紫琴假裝自己只是單純好奇，「我聽我媽說那裡……不太乾淨，最好不要靠近。是真的還假的？」

「什麼花童廟？」大堂哥一頭霧水，「爸，我們這裡有這種廟喔？那是拜什麼的？花童不可能是指婚禮上的花童吧？」

「你書都唸到哪去了？當然不可能是那個花童。」大伯沒好氣地瞪了自己大兒子一眼，「你們這些年輕人說的黑森林，那裡有座小廟，那個就是花童廟。」

「啊，那邊啊！」一談及關鍵字，大堂哥豁然開朗，「阿嬤以前也常說那邊很陰，小孩子不要跑過去。要是被她知道我們偷跑到附近玩，會被她唸得沒完沒了，小弟還曾被阿嬤追著打。」

「那裡暗摸摸的，叫你們別去還不是擔心你們安全……被阿嬤打也是活該啦，誰教你們不聽話。」說起已過世的母親，大伯眼中流露一瞬感傷，但又被他壓了下去。他端起保溫杯，喝口熱茶，接著慢吞吞地說起花童廟的事。

「花童廟喔，更早之前是叫仙童廟。以前的人把夭折的男孩叫仙童，女孩就叫花童……廟裡原本有兩尊石像，用來祭祀早夭的小孩，明章你以前還以爲他們是土地公、土地婆，說他們是不是結婚才會放一起。」

「我說過這種話嗎？我好像有點印象又沒什麼印象……」

「都多久的事了，你忘了也很正常，那時小琴還沒過來。後來不知道被誰偷走仙童的那尊，就改叫花童廟了。」

「誰會偷石像啊？」大堂哥只覺匪夷所思，「那是陰廟耶，偷仙童是哪裡有毛病嗎？」

「二十幾年前有段日子在瘋大家樂，本來沒人拜的花童廟也一堆人跑去拜，希望能得到明牌。大家都猜說是有人想發財想瘋了，才乾脆偷走仙童。」說起這件往事，大伯也唏噓不已。

「後來大家樂風氣過去，只剩一尊花童還在，廟也沒人去了。你們說的黑森林其實都超出村子外了，村裡的人不想多找事做，花童廟就沒人再去管它。再怎麼說也是陰廟，大人才會不想小孩子跑去那邊。你們阿嬤都嘛會說年紀小，容易被沖煞到。」

「老一輩的比較迷信，我懂。」大堂哥說完，被自己父親敲了一下。

「在阿嬤面前不要說這些有的沒的。什麼迷信？那都是有它的道理在。小孩子晚上本來就容易受到驚嚇，就像小琴以前那次。」

「我？」話題倏地轉到自己身上，顏紫琴愣了愣，隨即她繃緊肩，意識到大伯要說的可能是她最想弄清楚的那件事。

在被柳思螢他們拋下後，獨自走回家又昏倒的自己，當時還發生了什麼？

顏紫琴的猜測果然沒錯，大伯說起的正是那件往事。

「小琴以前還在村裡住的時候，有次不知道跑去哪了，很晚都沒見到人影……你們阿嬤當時急得想找鄰居一起去外面找人，沒想到人先回來了，回來後還忽然昏倒，把大家嚇了一跳。」

「我好像記得……」大堂哥想起一些模糊的回憶，「爸你那時還趕忙帶小琴去鎮上的醫院。」

「對，不過醫生說沒什麼大問題。就是血糖低，又太累，小朋友一下子受不住才會昏過去，吊了點滴就把人再帶回來了。」

「我都沒什麼印象了，原來還發生過這樣的事……大伯，妳知道我當時是跑去哪邊，才會那麼晚回來嗎？」

大伯搖搖頭，「沒人知道。妳阿嬤在妳醒了後曾問妳，但叫妳都沒反應。妳就像失神般坐著不動，把大家急死了。還是妳阿嬤覺得妳可能在外面被什麼嚇到，叫我一起把人帶到柳土伯那收驚，就是阿螢的阿公啦。收完驚妳就會說話了，但也開始哭著要找妳爸媽，一直哭個不停。後來妳爸媽就把妳接回去了……接回去也好，小孩還是要待在父母身邊。」

「我那時……除了叫都沒回應外，還有做出什麼奇怪的事嗎？或是當時發生過什麼奇怪的事？」顏紫琴試探性地問道。

大伯一臉納悶，「妳都對外界沒反應了，還能做出什麼事？怎麼了？還是說妳記起什麼了？」

「沒有，我就是沒記憶才好奇想問。」見問不出更多，顏紫琴也不再揪著這個話題不放。

大伯似乎是坐累了，他敲敲大腿，又敲敲肩，接著站了起來，「我先進去了……小琴妳累了就去睡，交給明章顧就行。」

「沒關係，大伯你先去睡吧，我再坐一下。」顏紫琴客氣地推拒。

大伯進入屋子後，靈堂的人氣跟著減少幾分。

這對顏紫琴來說沒什麼，起碼她不用再提起精神應付大伯的問話，她沒預料到的是這裡的天氣變化。

越晚，靈堂變得越冷。

顏紫琴後悔自己沒多帶一件大外套。她當時沒想那麼多，加上現在只是秋天，穿個長袖加件薄外套應該就很夠。

不料鄉下溫差比她想像的更大。

從大門灌進的冷風讓顏紫琴不由自主地縮了縮，鼻間突然竄上癢意，讓她反射性打了一個噴嚏。

這聲噴嚏引起了大堂哥的注意力。

他從自己的手機裡抬起頭，看見顏紫琴雙手插在口袋，緊縮著身體，這才反應過來對方不像自己已經習慣這裡夜晚的溫度。

「小琴，妳是不是太冷？不然妳還是進屋子裡睡吧，不用堅持守到早上。」雖然彼此不算熟稔，但大堂哥覺得自己比對方長了十幾歲，且對方又是女生，熬夜守靈這種事還是由自己負責就行。

「可是……」顏紫琴被說得心動，但又怕答應太快，會不會被人當作沒毅力。

大堂哥自是不知她的內心想法，他擔心堂妹身體吃不消，多勸了幾句，這才終於讓人進了屋內。

或許是睡前聊到了童年往事，顏紫琴又夢到小時候的事。

一樣是熟悉的開場，幾個六、七歲的孩子湊在一塊，在其中一個模樣最俊俏的男孩號令下，一群人瞞著大人偷跑到一座小樹林附近。

而等到那個顯然是孩子王的「男孩」開口，顏紫琴就意識到她的眞正性別。

沒錯，那是個女孩子。

只不過頭髮剪得極短，舉手投足又大剌剌的，光看外貌容易被誤導。

顏紫琴很快領悟過來，那個像粗野小男生的孩子就是幼時的柳思螢。

夢境以顏紫琴的視角進行，那感覺就像以前她曾玩過的第一人稱射擊遊戲，比起之前的幾場夢境更有代入感。

她看到柳思螢，看到幾個明明很陌生、但又覺得自己應該認識的孩童。

腦中自然而然地浮現出，「啊，大家要在這玩捉迷藏」的念頭。

但接著幾個人又因爲誰要負責當鬼的事吵起來。

有人說猜拳決定，有人說讓小顏紫琴當鬼，是她自己硬要跟上來的，多出來的人就該去當鬼。

眼看大夥要爲這事爭執不下，柳思螢不愧是孩子王，她拿出氣勢，轉眼就把場面鎭住了。

「囉哩叭嗦的幹什麼？給我猜拳！最輸的那個負責當鬼，聽見了沒有？誰吵，我以後就不帶他玩了！」

柳思螢的威脅很有效，爭吵聲立即消失了，誰也不想成爲不被帶上的那一個。

小顏紫琴也跟著加入猜拳，她的運氣不錯，沒有當鬼。

顏紫琴聽到自己可憐巴巴地對著柳思螢喊，那聲音軟綿綿的。

「阿螢，我要跟妳一組，妳別丟下我一個。」

柳思螢回過頭，臉上有著顯而易見的不耐煩，擺明一點也不喜歡她這個黏人的小尾巴。

「妳自己找地方躲好。」

「不要，我們一起躲好不好？」

顏紫琴覺得自己像被切割成兩個人。

大人的自己壓根不想熱臉貼冷屁股，可小孩的自己一心一意只想黏著柳思螢。

柳思螢像被纏得煩了，旁人還在起鬨嚷著：「新娘子、新娘子，阿螢妳的新娘子是個跟屁蟲！」

「吵死了！不准再喊新娘子，信不信我揍你！」柳思螢握起拳頭對著幾人恫嚇。

把人嚇得一溜煙跑走後，柳思螢轉頭又對著小顏紫琴沒好氣地說道：「妳眞的愛哭又愛跟耶，哪有人捉迷藏還躲一起？妳是想讓我們馬上被鬼找到嗎？」

「可是……人家就是想跟阿螢一起嘛。」小顏紫琴固執地說。

柳思螢看起來想扔著她不管，可自顧自地往前走了幾步後，像改變主意，忽然又折返回來。

追著她跑的小顏紫琴欣喜萬分。

柳思螢伸手按在小顏紫琴的肩膀上，壓低音量，彷彿在說一個小祕密。

「小琴，如果妳能一個人躲到黑森林裡、不被鬼發現，以後我都帶著妳玩。」

「黑森林？」小顏紫琴語氣流露畏怕，「不行啦，阿嬤說小孩子不能進去……會被鬼抓走！」

「妳阿嬤騙妳的啦，裡面哪有什麼鬼？我們都來這邊那麼多次了，也沒看見有鬼跑出來抓我們。」

「可是、可是，我們又沒進去過……」

「我以前進去過就沒事。妳好煩喔，到底要不要進去？妳不是說想當我的新娘子嗎？難道妳是騙我的？」

「沒有騙妳，我想當！想當阿螢的新娘！」

「那妳就進去黑森林藏好，不能讓鬼找到妳，叫妳也不能應。」

經過幾番糾結，小顏紫琴還是乖乖點頭，聽了柳思螢的話，轉身往黑森林走，邊走還邊依依不捨地往回看。

直到柳思螢跑不見了，她才鼓起勇氣，小心翼翼地踏入黑森林。

等等！別去，別進去那裡！

大人的顏紫琴想要阻止自己，然而身體並不受她的控制，就如同她無法控制這個夢的走向一樣。

小顏紫琴努力想找個隱密的地方躲藏，不要被鬼抓到。在她的思考邏輯中，只要走得越裡面就越不會被人發現。

所以她壓抑內心的害怕，慢慢深入這座對她而言極爲嚇人的黑森林。

鬼的數數聲不知不覺變得模糊，被風一吹，好像消散在樹林外。

她越走越快，想快一點找到合適的躲藏位置。

周遭全是對她來說非常高大的樹木，她不可能爬得上去。而且那些交錯的枝葉在陰影下就好像隨時會朝她抓下來的鬼手，看得她心驚膽跳，腳步不自覺加快許多。

沒過多久，小顏紫琴睜大眼，瞧見前方赫然有座小廟。

廟是石頭蓋成的，大約只比她矮一點點。外表髒兮兮，像是很久沒人祭拜，連香爐都倒了。

「廟？」小顏紫琴第一次知道黑森林裡原來有廟，她只聽大人說裡面很危險，小孩不能亂跑進來。

小廟沒有門，門洞上的題字也看不太清楚。旁邊用橢圓的石頭圍成一處平台，石頭和廟的屋頂、牆壁爬上不少青苔。

小顏紫琴低頭認眞看了一會，只看得出第三個字是「廟」，第二個字有點像童，第一個字則是完全糊掉了。

「童、廟……好奇怪，沒聽過。」小顏紫琴彎身看了小廟裡面。裡頭看起來挺空曠的，只擺了一尊有著隱約人形輪廓的石像，勉強還可以看得出是女性。

小顏紫琴比劃一下，想著把石像挪到最邊邊的話，自己能不能塞進廟裡。這樣鬼就算進來黑森林，也一定找不到自己的。只要不被鬼抓到，阿螢以後就都會帶著她玩，還會把她當成新娘子！

想到這裡，小顏紫琴對黑森林的畏怕之心減少了一些。她試著彎腰鑽進小廟，可惜太過勉強，只擠進一半就難以動彈。

小顏紫琴最後只能放棄。

看著那個倒在地上的香爐，她伸手把它扶正，又雙手合十地站在廟前，對著裡頭的石像拜了拜。

阿嬤帶她去土地公廟時，都會叫她要記得拜拜，拜的時候還要說出自己的名字跟住址。

雖然不曉得這到底是什麼廟。

但既然是廟，那就要拜一下吧。

小顏紫琴閉著眼睛，嘴裡嘰哩咕嚕地向石像許願。希望她不要被鬼抓到，希望阿螢以後都帶著她玩，希望長大能當阿螢的新娘子。

如果願望都實現，她就把自己的點心帶過來跟神明分享。

說完了自己的願望，小顏紫琴還有模有樣地彎身鞠躬，這才跑到小廟後躲著。

這樣一來，就算鬼走進來，只要沒繞到廟後方，就不會發覺她的存在。

一開始她是蹲在廟後，極力把自己縮得小小的，就怕手腳不小心暴露在廟外，被人一眼瞧見。

但蹲了一陣子她腳瘦了，乾脆席地而坐，膝蓋併攏，依舊像蝦米般蜷縮著身體。

小顏紫琴不知不覺打起瞌睡，腦袋如小雞啄米，一點一點的。

大人的顏紫琴則是要被年幼的自己氣死了。

居然對著陰廟拜拜？還許願？大人難道都沒教嗎？陰廟哪能隨便拜，更何況是這種都荒廢不知多久的陰廟！

可就算顏紫琴再怎麼惱怒，夢還是照著自我意志發展。

小顏紫琴的眼皮忍不住往下掉，視野漸漸變得窄小，一切景象都被黑暗覆蓋。

她睡著了。

然後風裡帶來了呼喚聲。

「顏紫琴！」

「顏紫琴！」

小顏紫琴像是有所察覺地睜開眼睛，她迷茫地東張西望，似乎分不清楚現在的狀況，直到她眼角餘光看到一隻布滿裂痕的手。

小小的、蒼白的，彷彿輕易就會碎裂的手就搭在她的肩膀上。

「顏紫琴。」

短促的氣聲呢喃像風吹過耳邊。

那隻手猝不及防地蓋住了顏紫琴的眼睛。

緊閉的雙眼驟然睜開。

顏紫琴緊抓著被角坐起，大口大口地喘著氣，心跳急促又猛烈，耳邊好似還殘留著那聲短促的呢喃。

有人喊她的名字。

是她……肯定是她……

是花童！

顏紫琴用力閉下眼再睜開，昏黃的小燈勾勒出房內大致輪廓，讓人不會一張眼就伸手不見五指。

她恍惚地看著上方陌生的天花板，一時分不清自己究竟身處何方。片刻後她才反應過來，她人在鄉下的阿嬤家，現在睡的是阿嬤生前的房間。

顏紫琴將臉埋進雙掌內，等到激烈的心跳慢慢平緩才重新倒回床鋪。她閉上雙眼，至今仍想不明白花童到底想幹嘛。

但她終於知道自己為什麼會獨自跑到黑森林了，也終於知道柳思螢為何總是對她懷著沉重的愧疚。

都是柳思螢害的。

是柳思螢把她騙進黑森林，她才會碰上那座花童廟，才會被花童纏上！

而柳思螢居然隱瞞起最關鍵的部分……她是不敢說出來吧！

要是柳思螢現在就在自己面前，顏紫琴真想衝上去打對方一巴掌，勃發的怒意讓她腦袋發脹，額角也跟著一抽一抽地疼。

顏紫琴深吸一口氣，把棉被拉得更高，將全身縮進那個令人本能感到安全的狹小空間。

顏紫琴想質問柳思螢怎麼好意思用童年玩伴的身分若無其事地接近她，可緊接著那股生起的怒氣又像洩了氣的氣球消下去。

她是很氣柳思螢沒錯，但明天還得靠對方帶她重返花童廟。而且不得不說身邊有個人陪著，總比自己單獨一人行動好。

顏紫琴怕自己若是當面揭穿舊事，柳思螢說不定會惱羞成怒，直接丟下她不管。不行、不行，既然是柳思螢害她被花童纏上，那對方無論如何都得幫她才行！

不管怎樣，明天就去花童廟確認。

夢裡的她曾對花童廟許願，答應要帶很多點心給對方……想到這裡，顏紫琴倏然靈光一閃。

大伯說花童是早夭的小女孩，花童又曾在夢中不只一次說要等她回來。

「約定好了喔，要當永遠的好朋友。」

該不會就是那次在廟前的許願，花童解讀成自己要當她的好朋友了？好朋友才會分享彼此的點心。

既然如此，那她就再回到廟前，對花童說以後會按時帶點心來看她，不會再把她忘記，這樣就算是達成當年的約定了吧。

想通緣由的顏紫琴豁然開朗，覺得自己終於找到正確的解決思路。

放鬆下來的顏紫琴現在只想好好睡覺，才有足夠力氣面對明天的事。她翻了身，等待睡意再次襲來。

然而等呀等，沒等到睡意降臨，卻等到「滴答、滴答」的水聲。

水珠墜落下來的聲音幽幽地迴繞在耳邊，彷彿有哪邊的水龍頭沒轉緊，才會讓水珠懸掛在出水口邊緣，直到承受不住重力，直直往下掉……

聲音不大，甚至可說極其細小，偏偏在深夜時分格外清晰，直鑽入顏紫琴耳中。

顏紫琴眉頭不自覺緊緊擰起，越躺越不安穩，最後她忍無可忍地掀開棉被，想要弄清聲音是從哪裡傳來的。

但醒來後那擾人的水聲似乎消失了。

顏紫琴側耳傾聽一會，房間裡外都靜悄悄的，沒有什麼奇怪的聲音。

是錯覺嗎？還是說老房子哪邊的水管在滴水，滴一滴又自動停了？

既然沒了擾人清夢的水聲，顏紫琴也懶得追究，她抓過放在枕頭旁的手機一看。

不知不覺已是凌晨四點多。

秋天的天空不像夏季亮得快，此時從窗外看出去，外頭依然被濃濃的黛黑籠罩。

村中景象也隱沒在夜色內，遠處則隱隱傳來了雞啼。

「既然都漏水了幹嘛不修一修……」顏紫琴嘟嚷了幾句，她本想倒回去繼續睡，但突然湧上的尿意讓她無法忽視。

就算眞的躺回去，只怕也難以再安穩睡下。

權衡後，顏紫琴只好掀開被子，認命地爬下床鋪。

這裡不像她租的套房，地板鋪有巧拼，可以直接光著腳踩地走。來這裡前沒準備拖鞋，只能套上布鞋，推開房門。

走廊沒有開燈，但旁邊的客廳仍舊維持著大亮，同時提供了足夠的照明，讓人不用摸黑走路上廁所。

廁所在廚房那邊，也就是靠近後門的方向，與客廳位置正好一頭一尾。

在別人家裡三更半夜地爬起來上廁所，顏紫琴心裡有種說不上來的彆扭感，就連坐在馬桶上都莫名地不自在。

她想趕緊回去房間，可誰教膀胱不允許，聽著嘩啦啦的水聲清晰地落進馬桶，她感到臉頰都要難堪地漲紅了。

幸好總算捱過這段時間，顏紫琴忙不迭地沖水、洗手。才剛走出廁所，就碰上大堂哥從客廳那走過來。

大堂哥打著呵欠，滿臉掩不住的疲憊，在瞧見自己堂妹的身影時宛如看見救星，趕緊快步走上前。

「小琴，妳起來得正好。不好意思，我有點撐不住了……妳能幫我接著守嗎？」大堂哥臉上又是歉意又是難為情，「我爸他們六點多就會起來了，到時妳可以再回去補眠。」

如果可以，顏紫琴當然想拒絕。她只想回去睡回籠覺，守靈比她想像中還要疲累跟枯燥。

可這是在別人家，不答應反倒顯得她不近人情。她強壓下不滿，臉上擠出微笑，「嗯，可以啊……堂哥你快去休息吧，你的眼睛似乎要睜不開了。」

「我也覺得我走路都像在飄……那我去躺一下，妳要是冷的話，隔壁書房的衣架有外套可以拿去穿。」得到肯定回覆的大堂哥鬆了口氣，他朝顏紫琴擺擺手，腳步虛浮地走上二樓，很快不見人影。

顏紫琴揉揉臉，後悔自己爬起來上廁所了。早知道會碰上大堂哥，還被他這麼要求，她寧願憋著尿意繼續躺在床上。

鬱悶地嘆口氣，她走到書房找了件外套披上，實在不想再體會那種刻骨的寒冷。

顏紫琴回房拿了手機，再次經過客廳時，縱使冰櫃被布幔圍著，頂多只能看到淺淺的輪廓，她還是盡量目不斜視，不想讓視線飄往阿嬤遺體放置的方向。

一想到那裡有具冷冰冰的屍體，哪怕那是自己的親人，她都渾身不對勁。

顏紫琴快步走出客廳，找了一張靠牆的椅子坐著。

用來充當靈堂的庭院猶然亮著燈，紅鐵門也維持著敞開的狀態，成爲深夜裡最醒目的存在，無疑也是在告訴別人這裡正在進行守靈。

顏紫琴縮著身子，望了眼外邊的闃黑夜色，很快又收回視線，低頭滑起手機，想藉此度過乏味的夜晚。

靈堂使用的是環香，一次可以燒足好幾個小時，不須時刻留意香有沒有滅。

顏紫琴滑著手機，不時打著呵欠。睡意就像頑強鑽出土壤的小草，一旦冒出就開始瘋長。

好幾次顏紫琴的眼皮不受控地往下掉，頭也跟著往前一點一點……直到身體劇烈一個晃動，才猛地驚醒。

天還是暗的，離大伯他們起床還有一個多小時。

再撐一下下就好……顏紫琴狠心掐了自己大腿，想要強打起精神，只是睡意這種東西豈是那麼好操控。

大腿上的疼痛過去，顏紫琴的上下眼皮又忍不住開始打架，抓在手裡的手機也逐漸鬆脫……

就在顏紫琴渾然不知自己的手機即將摔落地面之際，驟然響起的鈴聲猛地撕裂靈堂內的寂靜。

顏紫琴瞬間被嚇醒。

她身子重重一震，手指跟著反射性收緊，正好抓住即將滑出掌心的手機。

手機鈴聲還在響個不停，高分貝的音樂在凌晨時分顯得如此刺耳。

顏紫琴連來電顯示都來不及看清，想也不想地直接摁斷電話。

靈堂重新恢復靜謐。

顏紫琴的心臟跳得飛快，咚咚咚地像是要從胸腔內用力撞出，耳邊好似還殘留著尖銳的鈴聲。她緊握手機，半晌才從驚嚇中緩過來。

顏紫琴回過神第一件做的事，就是馬上轉頭往客廳看，裡頭還是安安靜靜的，也沒聽到樓梯那邊傳來什麼響動。

看樣子剛剛大響的鈴聲沒有驚擾到二樓，大伯一家尚在睡夢中。

顏紫琴緊繃的身子頓時放鬆，這才有餘力去看手機螢幕。在看到打來的號碼是不明來電時，她緊蹙著眉宇。

顏紫琴曾聽說有人會故意大半夜隨機打騷擾電話，卻沒料到自己有接到的一天。

她慶幸自己剛才直接掛斷了，要是接起，說不定會聽到噁心的喘息聲或是一些下流沒品的內容。

顏紫琴可不想再接到這種電話，她直接封鎖那支不明來電號碼，順便把手機音量調成無聲。

被那通莫名其妙的來電一嚇，顏紫琴倒是真的清醒了，原本湧上的睡意也如潮水退去。

她起身想去廚房倒杯水喝，手機習慣性地塞進口袋裡，可下一秒不容忽視的震動自口袋處傳來。

顏紫琴沒想到又有電話打來。

比起驚疑，盤踞在她胸口處的是猛烈怒氣。她抽出手機，毫不意外在螢幕上看到「不明來電」四個字。

會選在這時間打騷擾電話的傢伙，哪可能敢暴露自己的號碼。

思及自己正在靈堂，顏紫琴想到一個絕佳的辦法。她二話不說地接起這通電話，手機放到播放佛樂的喇叭旁。

顏紫琴光是想像手機另一端的人大概要嚇破膽就心情大好。

活該，誰教那人要在凌晨四點多打電話過來！

顏紫琴一會兒就收回手機，想著對方應該已經被嚇得掛斷電話，可映入眼中的螢幕畫面令她大感錯愕。

上面顯示目前還在通話中。

不待顏紫琴揣測另一端的人到底有什麼毛病，手機裡無預警傳出尖細的嗓音。

「騙子。」

那個聽不出是男是女，是小孩或大人的怪異聲音這麼說。

「妳是騙子。」

顏紫琴簡直要被這騷擾電話煩死了，她氣急敗壞地對手機低吼一聲，「你他媽的才是神經病！」

一吼完，顏紫琴果決地將手機關機，徹底杜絕騷擾電話撥打進來的可能性。

沒了手機可以打發時間，顏紫琴只好枯坐著發呆，雙眼不時瞥向屋外，盼望太陽能盡快升起。

她一點也不喜歡獨自一人在半夜守靈。

時間似乎過得格外緩慢，在難熬的等待中，顏紫琴冷不防聽見外頭傳來拔得響亮的犬吠聲。

那還不是普通的犬吠，而是接近狼嚎。

也就是俗稱的吹狗螺。

乍聽到高昂又詭異的叫聲，顏紫琴心頭微顫。

平時半夜聽到就算了，可偏偏是在守靈夜，怎麼想都令人渾身不自在。

顏紫琴恨不得天馬上大亮，這樣一來她就不用忐忑地坐在靈堂裡不得動彈。

犬吠聲依舊一聲接著一聲，聽起來淒厲不祥，在還未亮起的天色下給人毛骨悚然的感覺。

而且還不只一隻狗吹狗螺。

顏紫琴搓起了滿是雞皮疙瘩的手臂，告訴自己不要多想，那只是狗的單純嚎叫，不可能眞的看見什麼。

但就算內心這麼安慰自己，顏紫琴還是有些坐不住了。她起身想看看外面情況，結果卻讓她頭皮發麻。

一雙、兩雙、三雙……她竟然在外頭看到好幾雙綠幽幽的眼睛，簡直像夜裡飄出的鬼火。

要不是顏紫琴及時摀住嘴，否則她眞的要尖叫出聲。

她胸口猛烈起伏，腳步忍不住往後退了幾步，可接著再度響起的犬吠聲讓她霍然反應過來。

那些在闇夜裡發亮的眼睛，是野狗的眼睛。

是那群吹狗螺的野狗！

牠們什麼時候靠近這裡的？牠們想幹什麼？

牠們在這裡……是看到什麼了嗎？

無數個疑問砸得顏紫琴幾乎無法呼吸，尤其在發覺野狗有繼續靠近的趨勢時，她倒吸一口冷氣，抓握住發顫的手指。

那些野狗會不會衝進靈堂？那她要怎麼辦？她一個人哪可能有辦法阻止那麼多隻野狗……

害怕和慌張撕扯著顏紫琴的心臟，腦袋裡更像裹著一團漿糊。

彷彿嗅到恐懼的氣味，野狗從黑影中慢慢顯現身形，朝著靈堂方向靠近。

在靈堂燈光的照耀下，顏紫琴可以清楚瞧見那幾隻野狗長得凶悍，牠們的眼珠發著幽光，嘴裡的獠牙銳利嚇人。

牠們眞的要過來了……牠們眞的要過來了！即將直面危險讓顏紫琴從體內產生了爆發力，她甚至沒想過自己的速度原來可以這麼快。

顧不得守靈時大門不能關的規定，她一個箭步衝至紅鐵門前，手忙腳亂地使勁關上門扇。

深怕野狗上來衝撞，她拉上門栓的手指都是顫抖的。

等確定紅鐵門上鎖，野夠絕不可能有入侵的機會，顏紫琴才喘了一大口氣，宛如全身虛脫般蹲下去。

門外沒有聽見任何動靜，靜悄悄的，好似那些野狗已經悄無聲息地離去。

顏紫琴不想貿然開門，她又等了一會，直到腳有點麻了，才扶著門準備起身。

然而就在這剎那，一抹冰涼氣息自後方吹拂過她的耳畔，猶如有人躲在她身後對她吹著氣。

同時間，稚嫩的小女孩聲音說：

「騙子。」

顏紫琴的心跳就像漏跳一拍，她驚恐地摀著脖子，反射性大力轉過頭。

後面什麼也沒有。

客廳的玻璃門倒映出她惶恐的臉。

是錯覺嗎？顏紫琴的心臟撲通撲通地跳，顫抖著想從地上站起。

卻在視線不經意瞥向靈桌方向之際，渾身血液像是凍結，本就發麻的腳更是支撐不住，身子頓時失去重心，一屁股往後跌坐。

顏紫琴好似渾然未覺，她仰著頭，臉色慘白。

供奉在靈桌的遺照，本來彎著嘴角、笑吟吟的老人，不知何時變成橫眉豎目，凌厲的目光如兩把刀子射向跌坐在地的顏紫琴。

顏紫琴腦中一片空白，她瞠大眼，尖叫從她的喉頭中不受控地竄出——

「啊！」

顏紫琴驚喘一聲，整個人猛然從床鋪彈震起來，如同一條離水的魚極力呼吸，耳邊是怦怦怦的激烈心跳，涔涔冷汗把她的衣服布料都浸濕了。

她緊揪著領口，心神恍惚，一時竟分不清楚自己是在現實還是猶處於夢中。

還是窗外明亮的天色拉回了顏紫琴的神智。

她一把拉開窗戶。

日光像是金紗籠罩在田野及屋舍上，明媚的景色彷彿能驅散一切不安。

顏紫琴怔怔地望著窗外，隨即又發狠地捏了自己一下。疼痛讓她扭曲了臉，同時也終於尋回了真實感，一顆不安穩的心跟著緩緩落下。

是真的……不是作夢，她醒過來了。

顏紫琴坐在床上沒有動彈，思緒猶如還沉浸在夢境中，她沒想到自己會作了一個夢中夢。

所以起來上廁所、碰到大堂哥，還有靈堂裡碰到的那些怪異……都是夢啊。

事實上她回到房間睡覺後，就壓根沒再起來過了，一直睡到現在。

顏紫琴揉揉臉，夢裡的驚悸感好像還如影隨形地纏著她，即便她置身在白晝底下也未曾離去，她似乎仍能感受到那口吹拂在耳後的冷氣。

冰冰涼涼，不帶溫度，就好像從冷凍櫃裡飄出的氣體。

而想到冷凍櫃，顏紫琴腦中反射性浮出客廳裡被布幔掩蓋的……冰櫃。

她忙不迭搖搖頭，想把這個想像甩掉，可緊接而來在耳邊浮出的是平板又稚嫩的小孩子嗓音。

「騙子。」

是花童嗎？花童來指責她沒有信守承諾，成為她的朋友嗎？

可是夢中阿嬤的遺照，為什麼又用那麼凶狠的目光看著自己？就像在責怪她。

顏紫琴百思不解，感覺自己的思緒有如陷入泥沼，她慢慢吐出一口氣，放棄深究夢裡其他的詭譎場景。

她把那些歸咎於自己昨晚守靈，可能因此受到影響。

才會除了花童外，連帶夢到其他東西。

顏紫琴說服了自己，她不再去思考那些古怪的夢，掀開被子正要下床，房外冷不防傳來了敲門聲。

縱然告訴自己別再被惡夢影響，這突來的聲響還是讓顏紫琴如同驚弓之鳥瑟縮了下，緊接著她聽見熟悉的喊叫聲透過門板穿入。

「小琴？小琴妳起來了嗎？」

是大伯母的聲音。

顏紫琴放鬆緊繃的神經，連忙回應一聲，「起來了，我馬上出去！」

「妳慢慢來，廚房桌上有包子跟油條，妳餓了就拿來吃。」大伯母在門外交代。

「好，謝謝。」顏紫琴換上一套衣服，穿好布鞋，推開房門，門外已不見大伯母的身影。

顏紫琴拿著自己帶來的牙刷毛巾走到廁所，經過廚房時看到大圓桌上擺著包子和油條。她撇撇嘴，只覺敬謝不敏。

剛起床誰吃得下那麼油膩的東西，她才不想碰。

與柳思螢約好的時間是中午過後，等顏紫琴滿懷痛苦地吃完午餐——大伯母煮的菜偏油膩，而且還都呈現令人沒食欲的咖啡色——人在靈堂的大伯走進來喊了一聲。

「小琴，阿螢來找妳了。」

「喔喔，好，我這就來！」顏紫琴迅速把碗筷放進洗碗槽，三步併作兩步來到靈堂。

今天也是中性輕便打扮的柳思螢見到顏紫琴走出來，朝她笑了笑，又立即恢復正經八百的表情，接過大伯遞給她的香，嚴肅地對著靈桌上的遺照拜了拜。

回想昨晚的第一個夢，顏紫琴如今看到柳思螢對自己還能露出那麼輕鬆的表情，一股怒意頓時竄起，只不過被她強行壓下。

顏紫琴拚命告訴自己不能衝動，現在不戳破，對方還會因爲愧疚幫她做事。

幸好她本就不是表情豐富的人，就算沉著一張臉，柳思螢也沒察覺到她的異樣。

「大伯，我跟阿螢出去一趟。」顏紫琴向大伯報備，「晚一點就回來。」

「妳們年輕人去吧。」大伯擺擺手，坐回牆邊的椅子，拿起一旁的報紙繼續看。

顏紫琴向柳思螢問起村裡商店的位置，她想去買些線香、糖果餅乾，還要再買條抹布跟幾瓶水。

頓了頓，顏紫琴想到夢中花童滿是裂痕的臉龐，鬼使神差地又補了一句。

「還有黏著劑之類的東西。」

柳思螢沒多問她爲何要買這些，只豪爽地說：「來我家拿吧，我家都有，省得浪費錢。之前別人送了不少餅乾過來，正煩惱吃不完，小琴妳就當幫我們一個忙吧。」

顏紫琴面有難色，不是她想拒絕柳思螢的好意，而是想到去她家可能又會碰上她母親，到時又會被問個沒完沒了。

柳思螢像是看穿顏紫琴遲疑的緣由，善解人意地說道：「妳在外面等我一下吧，我進去拿，很快的。」

「那麻煩妳了。」顏紫琴頓時鬆了口氣。

柳思螢果然很快拎著袋子從屋裡出來，另一手還拿著一頂安全帽。顏紫琴探頭往她身後一望，幸好沒瞧見柳母的身影。

「車子被我媽開走了，我騎車載妳到黑森林那吧。」柳思螢把安全帽拿給顏紫琴，「別擔心，我載人一向很穩。」

顏紫琴自然不會有意見。

騎車到黑森林大約花了十幾分鐘，若是用走的，半小時估計跑不掉。

和夢裡見到的景象沒有太大差別，黑森林樹幹黑褐，層疊的枝椏和密集的葉片宛如編織成一片大網，在陰影籠罩下，給人陰森森的感覺。

也難怪會成爲村人口中的「黑森林」。

對小孩而言，這裡既可怕又像披著一道神祕面紗。

但在成年的顏紫琴和柳思螢看來，只是一座普通的小樹林罷了。

霍然想到樹林裡還有一座花童廟，此時的黑森林在顏紫琴眼中瞬間又像罩上一層不祥的陰影。

像是察覺到顏紫琴的退縮，柳思螢拍拍她的肩，率先大步走進。

見狀，顏紫琴也鼓起勇氣，連忙跟在柳思螢身後。

黑森林陽光不多，顯得陰陰暗暗，就連空氣裡的濕度和冷意似乎都比外頭明顯。

顏紫琴有些後悔自己今天是穿七分褲，樹林雜草恣意生長，差不多都到了腳踝以上。那些草葉尖端不停地擦過她沒有被布料覆蓋的皮膚，帶來陣陣不舒服的刺癢感。

走了好一陣子，走在顏紫琴前方的柳思螢停下腳步。

顏紫琴一路都是低著頭，深怕草叢間有什麼蟲蛇爬上她的腳，以至於沒有第一時間留意到柳思螢的停步，一頭撞上對方的後背。

「抱歉……」顏紫琴下意識道歉。她揉揉額頭，起初還想問柳思螢怎麼不走了，可當她抬起頭，目光立刻被前方的灰綠色物體吸引。

「那是……」顏紫琴吸了一口氣，雙腳不由自主地往前幾步。

爬滿綠苔的石造小廟就在前方，或許因周圍鋪排著石頭，這裡的雜草並不像其他地方長得誇張，也讓小廟不至於淹沒在綠草當中。

與夢裡看到的模樣差不多，石頭小廟外觀破敗，屋頂和壁面長著苔蘚，沒有廟門，可以清楚瞧見廟中景象。

許久無人打理，廟裡積了一層厚厚的灰沙，香爐鏽蝕得看不出原本顏色，有著女童輪廓的石像擺置在中央。

它的表情看起來像帶著微笑，可面部和身軀卻滿是令人驚心的裂痕，這種反差反而讓人感到詭異，心生悚然。

顏紫琴在夢中已經見過數次花童身上裂紋的模樣，如今瞧見本體，反倒有種果然如此的感覺。

本體損壞成這樣，怪不得夢裡會以如此可怕的形象出現。

再想到對方是因爲自己多年前的童言童語才產生執著，顏紫琴不免也生起一絲愧疚。

假如她那時不向花童許願，就不會在多年後引發這連串事件了。

但是，爲什麼直到現在才……

這個念頭在顏紫琴腦中轉瞬即逝，又被她拋諸腦後，眼前還有更重要的事要做。

思及夢中自己過去對花童的承諾，顏紫琴決定先簡單清理這座外觀殘破的花童廟，再擺上餅乾零食作爲供品，接著就是點香鄭重地爲自己這些年來的失約道歉。

只要重新向花童表示她沒有說謊，她回來就是爲了重新牽起她們之間的友情，想必就能平息對方的不滿了吧。

小孩子喜惡一向分明，但只要態度放軟，總會很快忘記先前的紛爭。最重要的是，不管花童讓她作了多少次可怕的惡夢……始終沒有真正傷害她。

啊啊，花童只是想催促自己回來吧。

催促自己這個朋友。

顏紫琴拿起沾水的抹布，認真地擦拭起髒兮兮的小廟屋頂。青苔不好清除，但灰塵和髒污還是能擦掉的。

柳思螢也沒袖手旁觀，她拿起另一條抹布跟著加入清掃小廟的行列。

不得不說，打理一座小廟著實也能耗掉不少體力。幸好顏紫琴在民宿做粗重工作習慣了，這對她來說不算難事。

柳思螢則更不用說了，她平日務農，清掃小廟在她看來甚至稱不上什麼勞動。

兩人費了一番工夫，總算清理得差不多。

雖然無法讓花童廟恢復如初外觀，但也比先前的殘破模樣好上許多。

「喝點水吧。」柳思螢將一瓶礦泉水遞給顏紫琴。

「謝謝。」顏紫琴接過，喝了幾口水，把瓶蓋鎖緊放到一旁。她蹲在小廟前雙手合十拜拜，接著將廟裡的石像抱出來。

沒了陰影遮擋，石像臉上、身上的裂紋一覽無遺。

顏紫琴看了深怕自己手勁太大，讓本就脆弱的石像下一秒直接分崩離析。

「小琴，妳是要……」柳思螢起初疑惑，當她看見顏紫琴拿出那管黏著劑後恍然大悟。

顏紫琴知道光憑這樣不可能讓石像的裂痕消失不見，但她還是試著將黏著劑擠進那一條條縫隙裡。

也許，換的是一種心安或是補償吧。

確認沒有漏掉哪，顏紫琴小心翼翼地將石像再放回花童廟裡。

對不起啊，這麼久才過來看妳……顏紫琴把供品擺在廟前，點了香，認真地對著花童的石像拜了拜，在心裡說著道歉的話語。希望妳能原諒我，我答應過要把糖果點心分妳一半，我現在帶來了，希望妳會喜歡……

顏紫琴的心裡話說到這邊，不由得有些辭窮，她不知道自己還要再說什麼。

直白地叫花童別再故意害她作惡夢肯定不行，說不定會再次惹怒對方。

顏紫琴實在不想再過飽受驚嚇的生活，於是她絞盡腦汁地回憶著自己做過的那些與花童有關的夢。

夢裡最後總會有小女孩從廟後探出頭，對著她咧嘴一笑，稚氣天真地說著……

「約定好了喔，要當永遠的好朋友……」等顏紫琴意識過來，才發現自己不知不覺喃喃出聲。

「小琴？」站在一邊的柳思螢疑惑地轉過頭，「妳剛剛有說什麼嗎？」

「沒，沒什麼。」顏紫琴含糊帶過。將香插進香爐內，再雙手合十對著廟裡的花童拜了拜，才站直身體，「我好了，我們走吧。」

「嗯，走吧。」柳思螢對顏紫琴的連串舉動沒多問，她拎起袋子，沒讓顏紫琴來得及插手，邁步就往林外方向走去。

顏紫琴正要跟上，夢中出現過的呢喃氣聲猝不及防地隨著風拂過她耳畔。

「顏紫琴。」

顏紫琴反射性地回過身。

經過打理的花童廟後方，竟跑出一道半透明的矮小人影。

她有一張圓圓的臉，眼睛也又大又圓，頰邊有著淺淺的酒窩，只可惜忧目的裂痕破壞了本該有的稚氣可愛。

她漾著甜甜的笑意，如同一隻輕快的鳥兒奔向了顏紫琴所在位置。

那是……夢裡出現過的花童！

顏紫琴僵著身體，壓根不知該如何面對眼前光景，可下一秒她的眼角餘光瞥見另一道半透明的身影從自己腿邊竄出。

長髮小女孩宛如一道風跑了出去。

縱然看不見她的正面，可從她發出的清脆笑聲也能猜出她一定是開心不已。

兩個小女孩咯咯地笑著，伸出彼此的小指，讓它們勾纏在一起，異口同聲地說：

「小琴跟花童，約定好了喔！要當好朋友，永遠的好朋友！」

「小琴，怎麼了嗎？」柳思螢察覺後方沒了動靜，納悶地往後喊道。

顏紫琴沒有回應，怔怔地看著前方。

「小琴？」柳思螢放大了音量。

顏紫琴微震一下，反射性扭過頭，「妳沒看到嗎？」

「什麼？」柳思螢不解地問，「妳說……花童廟嗎？」

顏紫琴再次回頭，但已看不見兩個小女孩的身影。

不論是花童或過去的自己，都消失無蹤，彷彿不過是自己的一場想像。

「小琴？」柳思螢擔心地走到顏紫琴身邊，「怎麼了？妳還好嗎？」

「我沒事……」顏紫琴喃喃地說，她看著空無一人的前方，想著兩個小女孩打勾勾，想著她總算前來履行約定。

最後她緊繃的心弦驀地鬆放，一直積壓在心頭上的陰霾也跟著一掃而空。

那些壓力、驚懼，似乎都隨著那兩道身影的消失而淡去。

顏紫琴臉上露出了久違的笑容。

這一次，她篤定又輕鬆地說：

「啊，我沒事。」

解決了心事，顏紫琴感覺整個人都放鬆了，連帶地對柳思螢當年故意騙自己進黑森林的惱火也一併淡化。

向柳思螢道過謝，顏紫琴回到阿嬤家。

今晚二堂哥回來了，他只比顏紫琴大四歲，但性格比大堂哥更木訥。

晚上是由顏紫琴和二堂哥一起守靈。

顏紫琴早就做好兩人會一夜無語的準備。

這對她來說倒不是什麼壞事，比起被人喋喋不休地追問隱私，問個沒完沒了，她寧願整夜當個啞巴不說話。

和大堂哥一樣，二堂哥在半夜兩點多時，就把顏紫琴趕去睡覺。

這一晚，顏紫琴一夜無夢。

啾啾鳥鳴在窗外此起彼落，金澄色的陽光肆無忌憚地從窗玻璃外入侵，漸漸拓展它的勢力範圍，直到不客氣地照上床上女子的臉。
顏紫琴呻吟一聲，下意識翻個身，想躲避刺眼的陽光。
但偌大的窗戶讓滿室皆被陽光佔領。
顏紫琴想也不想地將被子拉高，蓋住腦袋。
幾秒過後，她猛地又將棉被拉下。
顏紫琴睜大眼，像是看著天花板的圖案，可實際上目光卻沒有聚焦。
迷茫地望著上方好一會，顏紫琴意識逐漸恢復清明，她一骨碌起身，臉上浮現難以置信的情緒。
沒有作惡夢……
她整晚都沒夢到花童。
她居然睡了一場難得的好覺！
這代表什麼？這是不是表示著，花童接受她的道歉和示好，她再也不用因惡夢所苦了？
顏紫琴大大鬆了一口氣，這讓她今天一整天都維持著好心情。
就算白日碰到其他親戚來上香，對鮮少回村的她追問個不停，她多少也能好聲好氣地回應，而不再是渾身不自在地繃著一張臉。

再想到今晚守靈結束，她就達成阿嬤遺囑的交代，能夠分到一筆遺產，顏紫琴的心情更是前所未有地高漲。

高昂的情緒讓她今晚守靈、面對堂哥們催促她別待太晚時，第一次堅定地推拒。

「都最後一天了，就讓我守到早上吧。」顏紫琴對堂哥們說，「前兩天都是你們守整晚，今天換我吧，你們可以先去睡。」

兩個堂哥都是老實人，即使堂妹這麼說了，也不打算留一個女孩子待在靈堂。見狀，顏紫琴也不多說，反正她態度有擺出來就好。

這一晚有三個人守靈，不過仍是一樣安靜。

大堂哥和二堂哥沒怎麼開口，顏紫琴就更不用說了。

手指機械式地滑著手機，繽紛的畫面最後映在顏紫琴眼底似乎都糊成一團。

雖然下定決心要守到天亮，但過了凌晨三點，顏紫琴的眼皮依然忍不住往下掉。

她連打了好幾個呵欠，在堂哥看過來時撐直起身體，裝作自己一點也不睏。話都說出去了，要是這時跑回房間睡也太丟臉。

顏紫琴換個姿勢，頭抵著一邊的牆柱，起碼可以撐著腦袋，偷瞇一下也不會被人發現。

她只要瞇一下下就好，很快就會張開眼睛的……

顏紫琴心裡這麼對自己告誡著，雙眼逐漸瞇細，最後眼皮完全蓋住眼珠。

睡意如潮水席捲而上，將她拖進了夢鄉。

顏紫琴是突然冷醒的。

刺骨的寒意鑽入她的四肢百骸，深入她的肺腑，血管裡流動的彷彿也全化爲冰冷的液體。

簡直就像是冷不防被丟入冰窖裡。

顏紫琴打了一個哆嗦，睡意刹那間全被凍跑。

然而當她張開眼，迎接她的卻是一片黑暗。

顏紫琴愣了愣，一時沒反應過來。

直到寒意讓她打了一個響亮的噴嚏，她徹底清醒過來，驚懼也跟著爬上後背。

是誰關了靈堂的燈和門？

就連停放冰櫃的客廳也被暗色籠罩。

還有大堂哥和二堂哥呢？他們到哪去了？

「大堂哥？二堂哥？」顏紫琴慌張地喊，這時也顧不得拔高的音量在半夜會不會吵到人。

靈堂內沒有丁點回應。

顏紫琴的喊聲在狹窄的空間內製造出更響亮的回音。

古怪的情況讓她不安極了，急著想拿手機用來照明，但越是心急，越是找不到。

最後顏紫琴霍然想起手機被她放在外套內袋，急忙伸手往外套裡掏，果然摸到熟悉的觸感。

顏紫琴鬆口氣，立刻打開手機的手電筒功能。

強光亮起，映出了顏紫琴面前的靈桌，也照亮桌邊一張正好揚起的蒼白面孔。

那是一張小女孩的臉。

那是……花童的臉！

「呀啊啊啊啊啊！」猝不及防的衝擊畫面讓顏紫琴駭然尖叫，手機險些抓不穩。

顏紫琴緊握著手機，就好像那是她唯一的防身武器，她往後連退好幾步，只想與花童拉開距離。

爲什麼？爲什麼花童又出現了？

大半身軀隱沒在黑暗中的小女孩慢慢站起，分布在她臉龐上的裂痕雖淡了不少，但看起來仍舊嚇人。

「嘻嘻。」花童稚嫩的笑聲在半夜靈堂裡格外詭異。

顏紫琴被嚇得又退了一大步，她背貼上堅硬的牆壁，臉上是掩不住的惶恐。

這是夢吧，她一定是在作夢……

不然靈堂的燈怎麼會滅，堂哥們也消失不見。

像是要證明自己的猜想，顏紫琴心一橫，用力打了自己一巴掌。

她的臉頰迅速湧上熱辣辣和刺痛的感覺。

過於鮮明的痛覺讓顏紫琴傻了，她驚恐地發現到這不是夢。

「不不不……」顏紫琴發出不成調的呻吟。她衝向右邊鐵門，拚命想拉開門閂，然而怎樣都文風不動。

鐵門打不開，顏紫琴不自覺地又貼靠回牆壁，看著一步步朝自己走近的花童，雙眼充斥恐懼，「這不是眞的，這不該是眞的……」

她明明向花童道歉了，還將花童廟清掃乾淨，她都獻上供品還上香了！

「所以妳不是該原諒我了嗎！」顏紫琴崩潰地吼道。

「打勾勾，要守信用。」花童的眼睛黑黝黝的，在燈光照耀下如同兩個黑窟窿，「妳不守信用，妳是騙子。」

「我不是，我不是！」顏紫琴瘋狂地搖著頭，想要再往後退，但身後就是冰冷的壁面。

「妳是騙子、妳是騙子、妳是騙子。」花童就像對顏紫琴的辯駁充耳不聞，一再地重複同樣的說詞，「妳是騙子……妳是騙子！」

在花童驟然拔得尖厲的咆哮聲中，顏紫琴緊繃的心弦斷裂，她忍不住尖叫，腦中無法思考，只知道自己要逃。

必須從這裡逃出去！

右邊鐵門打不開，那就只剩一直敞開玻璃門的客廳。

手機光束隨著顏紫琴的奔跑劇烈晃動，從圍著冰櫃的布幔上閃過，再來到光可鑑人的磨石子地板。

花童尖高的指責如影隨形。

「騙子！騙子！騙子！」

「我不是！我不是！」顏紫琴冷汗涔涔，血色從臉上褪去。

她無暇去思考爲什麼樓上沒人聽見她的動靜，一心只想急奔向位於廚房的後門。

手電筒的白光急促搖曳，照不到的角落裡，陰影像是蠢蠢欲動，好似隨時會化成可怕的鬼怪傾巢而出。

顏紫琴不敢回頭看，她的鞋子重重踏上地面，「啪啪」的聲響就像重擊在她發顫的心尖上。

白日只要幾步就能到達的廚房，在半夜裡卻變得無比遙遠。

顏紫琴覺得自己像跑上了一輩子，心生絕望之際，光束照亮了廚房門口。

顏紫琴雙眼迸發欣喜，提至嗓子眼的心正要落回原處，突然闖入視野的人影讓她呼吸一窒。

誰在那裡？

顏紫琴僵硬在門口，一時不知該不該往前走。

手電筒的光照上那道人影的後背，接著慢慢上移……

那是一名駝著背脊的老人，燙鬈的頭髮黑中摻雜著花白。

她坐在大圓桌旁，背對著顏紫琴。

就算看不見那名老人的臉，顏紫琴的心臟仍是忍不住重重一縮。

「阿……嬤？」

顏紫琴不確定自己是否喊出聲，她手腳發冷，腳跟反射性抬起，就想往後退。

然而坐在圓桌旁的老人像察覺到顏紫琴的想法，驀然轉過頭，爬滿皺紋的臉被手電筒強光照個正著。

不像普通人直視強光會下意識別開臉，老人依然直勾勾地看著前方。她的雙眼被染成一片闃黑，臉上紋路組構成憤怒嚴厲的表情。

就和顏紫琴夢裡見過的遺照一樣。

「哩供白賊！哩供白賊！」阿嬤站起來，厲聲指著顏紫琴大罵。

與此同時，稚氣又陰森的嗓音也在顏紫琴後方響起。

「妳是大騙子。」

顏紫琴抓著手機驚恐轉頭，白光照亮一張蒼白臉蛋。

花童就站在走廊間，光線和陰影在她臉上、身上交織，彷彿刻劃上了更多令人怵目的裂紋。

「妳這個大騙子——」花童尖嚎，小小的身子就要往顏紫琴撲來。

「我不是！我沒有！」顏紫琴煞白了臉，面對前後被堵的境況，驚懼和被污衊的怒意交雜在一起，反而讓她爆發出一股驚人的力量。

顏紫琴都不知道自己怎麼躲過花童的，她回神之際，已跑上靠近廚房門的樓梯，腳步凌亂地直衝二樓。

二樓的房門皆緊閉著，樓上的死寂與樓下的騷亂如同兩個極端的世界。

如今顏紫琴把騷亂帶上了樓。

「大伯！大伯母！堂哥！」顏紫琴心慌意亂地拍打著眼前的每一扇門。

倉促猛烈的拍門聲在深夜裡像煙花炸開。

可是沒有任何一扇門開啓。

顏紫琴拍打得更用力。

可就算她拍得手都發紅疼痛了，門後依舊沒有絲毫動靜。

就好像房裡的人根本聽不見她的求救。

當顏紫琴反應過來時，她的一顆心直直往下墜，胃部更像被隻無形的手捏住。

這無疑解釋了剛才她在樓下引起騷動時，爲何沒人下來查看。

花童不知用了什麼手段，讓她孤立無援，求助無門。

顏紫琴恐懼的同時，憤怒也跟著勃發。

憑什麼……憑什麼她就要被花童玩弄於股掌？

她都道歉了，花童那時不也原諒她了？

「可惡、可惡……啊啊啊！」顏紫琴心生不甘，說什麼都要爲自己搏得生路。

此時，樓梯間傳來了腳步聲。

顏紫琴用力咬了一下嘴唇，她脫下鞋子，盡量無聲地快步衝向前面的陽台。

與她記憶中的相同，二樓後陽台沒有被鐵窗完全封起。

顏紫琴關上陽台門，蜷縮著身子躲在陽台角落。

她關掉手機的手電筒功能，飛快撥打柳思螢的電話，也不管現在是凌晨三點多。

快接、快接！顏紫琴在心中極力祈求，這時候她只剩下柳思螢可以求助了。

上天好似聽見顏紫琴的心聲，鈴聲才響了幾下就被接起。

「喂……」柳思螢語氣飽含睡意，顯得微啞的聲音從手機裡傳來。

「阿螢，妳快來救我！花童她來了，她來找我了！」驟然聽見熟悉的聲音，顏紫琴眼眶不禁一熱，淚水險些奪眶而出。

「什麼？」柳思螢迷迷糊糊的，似乎不明白顏紫琴在說什麼。

「花童，是花童！」顏紫琴捂著手機，焦急地說，「我被困在二樓陽台，她們很快就會找過來了！」

「等等，妳說眞的？」柳思螢似乎清醒了些，「但怎麼可能……」

「我沒有跟妳開玩笑！」驚懼帶來的壓力燒斷了顏紫琴的理智，她歇斯底里地嚷，「柳思螢妳必須救我！當年是妳騙我進黑森林，我會被花童纏上都是妳害的！」

手機裡出現剎那的死寂，顏紫琴卻無暇猜測柳思螢此刻心情，她的瞳孔在覷見玻璃門後的景象時驟然一縮。

「她們來了，她們要過來了！妳快來救我！」顏紫琴啞著嗓子說，「如果我出事，都是妳害的！聽清楚了沒有？柳思螢，是妳害死我！」

掛斷電話，顏紫琴把自己縮得更小，冀望陰暗能把她的身影完全掩蓋。

拖鞋「啪嗒啪嗒」踩在地板上的聲響在夜間被放大，每一步都像踩在顏紫琴的心口上，令她難以呼吸。

那是阿嬤慢慢走路的聲音。

顏紫琴聽見門把被喀啦轉動，接著是房門被推開，發出了嘎吱的聲響，聽起來宛如瀕死之人的呻吟。

顏紫琴心驚膽跳，從她的角度看不見阿嬤走到哪了。她也不敢貿然探出頭，就怕被逮個正著。

但這種看不見的想像，最是折磨人。

又一扇門被打開。

顏紫琴緊搗著嘴，腦袋瘋狂轉動。

二樓有三間房跟靠近陽台的神明廳。

已經開了兩扇門，那就剩最後一個房間。

神明廳沒有門，站在外面就能一覽無遺。

阿嬤很快就會找到陽台了，她不可能藏得住的，唯一的辦法就是離開阿嬤家。

顏紫琴小心翼翼地轉動身子，望了身邊環境一眼。

陽台欄杆不高，大約到她腰間，翻過去不算困難。

問題在於她敢不敢從二樓跳下去。

僅僅想像，顏紫琴就覺得頭皮發麻。

萬一摔斷腿怎麼辦？萬一骨頭刺出來怎麼辦？

嘎吱——

顏紫琴的心跳幾乎要漏跳一拍。

第三間房間了。

阿嬤要過來了！

顏紫琴想也不想地貼著欄杆。

夜色朦朧中，隱約能瞧見大致高度，可就算只有一層樓，還是令她頭皮發麻。

顏紫琴不敢想像自己跳下去會發生什麼事。

可是……可是如果不從二樓跳下去，她要怎麼從阿嬤家逃走？

顏紫琴焦躁萬分，握著欄杆的手指被冷風凍得發麻。正當她猶豫不決之際，猛烈的拍打玻璃聲讓她一個激靈，驚惶地回過頭。

映入眼中的光景讓顏紫琴臉上血色盡褪，她瞳孔收縮，倒映在眼底深處的赫然是花童趴在玻璃門前，那張慘白又布滿淡淡裂痕的臉蛋被擠壓成可怕的模樣。

「找、到、啦。」花童笑嘻嘻地說。

「咿……啊啊啊……」顏紫琴發出破碎的呻吟，她一個箭步衝上門前，想要用力抵住玻璃門，不讓花童來到陽台。

然而花童卻是笑呵呵地將臉繼續往前擠，像是大理石蒼白的臉孔竟是慢慢從玻璃門後穿透出來。

顏紫琴瞬間像被燙到般鬆開手。她絕望地意識到，玻璃門壓根阻擋不了花童，對方就是故意要著她玩的。

與此同時，進入第三間房的佝僂身影也慢慢走出。

顏紫琴腦中被恐懼佔領，再也顧不得自己怕高，轉身衝至鐵窗欄杆前，咬牙將一隻腳向外跨了出去。

可一旦感受到腳底空蕩蕩、沒有堅硬的地面可踩，顏紫琴的勇氣就像微弱的燭火「啪」地熄滅。

不敢跳……我還是不敢跳……

顏紫琴緊抓著欄杆的掌心冒出冷汗，她扭過頭，懷抱一絲不切實際的微小冀望，只求花童和她阿嬤都能在這一刻消失不見。

但是沒有。

上天沒有聽見顏紫琴的祈求。

花童站到陽台上，仰著小臉，嘴角漾起甜甜的弧度，但只讓那抹笑意看起來越發鬼氣森森。

老人拉開了玻璃門，從室內跨至室外。

顏紫琴握著欄杆的手在發抖，濕漉漉的掌心讓她有好幾次差點握不牢。

眼看一老一小就要碰觸到自己，說時遲，那時快，一陣高亢的喇叭聲撕裂黑暗。

不僅顏紫琴被嚇到，花童臉上也浮現錯愕。

「小琴！」緊接在喇叭聲之後的是一道急促女聲。

顏紫琴不敢置信地回過頭，一台亮著車燈的小轎車就停在底下，柳思螢從車內跑出來。

一個高瘦的女人仰高臉，對著跨坐在欄杆的顏紫琴大力揮手，「小琴，妳在幹嘛？妳……」

柳思螢似乎被顏紫琴的危險舉動嚇到了，忙不迭想要叫她退回去。可話喊到一半，她的嗓子就像被無形之物堵住。

柳思螢倒抽一口氣，幾乎懷疑是不是眼花看錯了。她用力揉揉眼，陽台上的三道人影都還在。

沒錯，是三道。

除了顏紫琴外，還有一個老人和一個小孩。

陰影籠罩，柳思螢看不清兩人的面容，可她知道這個家並沒有小孩和老人。不，曾經有過老人……但顏紫琴的阿嬤已經過世了，就停棺在一樓的客廳裡。

柳思螢不敢多想，眼見顏紫琴陷入危難之中，她不假思索地大叫：「小琴快跳！我會接住妳的！」

「但、但是……」顏紫琴冷汗冒得更多，掌心濕黏，滑得幾乎握不住鐵窗欄杆。

「快啊！」柳思螢扯著嗓子吼。

顏紫琴腦中一團漿糊，再也無暇思考，只能本能地聽從柳思螢的指示。她慌亂地將另一隻腳也跨過欄杆，豁出去地往下一躍。

掉落的過程只是短短一瞬，風聲從顏紫琴耳邊呼嘯而過。

恐慌將她的心臟擰得緊緊的，對於即將面對的劇痛讓她緊張到都要吐了。

然後她跌進一個懷抱裡。

驚險接住人的柳思螢踉蹌個幾步還撞出了小瘀青，但幸好她務農體格好，又做了接人的準備，最後還是穩住了，沒讓顏紫琴摔在地上。

確定顏紫琴脫離險境，柳思螢立刻把還沒回過神的人拉上車。

直到車門重重關上，顏紫琴這才脫離恍神。她連忙貼著車窗往外看，陽台欄杆後靠著兩道人影。

即使看不清她們的表情，但顏紫琴知道，她們正緊盯著自己。

寒意如毒蛇竄爬過背脊，顏紫琴心急如焚地使勁拍著柳思螢的手臂，「快開車！快點開，馬上離開這個地方！」

柳思螢顯然也意識到顏家正發生詭異的事，不敢逗留，踩下油門便直直開進前方的黑暗裡。

「我機車壞了才想說開車……也幸好是開車過來，待在車內總是比較安心……不過，這到底是發生了什麼事？」車子駛離顏家，柳思螢總算能將積壓的疑問問出口。

「我不是在電話裡跟妳說過了，花童！是花童來找我了！」顏紫琴暴躁地回話。深怕花童追來，她不時扭頭往後看，只是後方景物被黑夜吞噬，只能見到一片漆黑。

發現不管怎樣也看不清楚，顏紫琴放棄地在副駕駛座上坐好。她抹了一把臉，胸口的心臟猶然跳得猛烈，好似隨時會控制不住地自喉嚨迸出。

「眞的有花童？」柳思螢仍存有一絲難以置信，換作其他人，一時也很難接受世上竟有超自然的存在，「那另一個人……」

「我阿嬤……我也不知道爲什麼她會出現。」顏紫琴想將臉埋進掌心裡，猛然又憶起自己雙手因爲汗液還黏答答的，把手往褲子上抹了抹，「也許她本來就討厭我，才會跟著花童一起來嚇我。」

「怎麼會？妳阿嬤以前不是很疼妳嗎？」柳思螢訝異地說，「妳小時候……」

「妳這是要開去哪？」顏紫琴霍地打斷柳思螢的回憶，她一點也不想聽對方提起童年的事，那只會讓她更加怨恨。

假如不是那時被柳思螢騙入黑森林，花童又怎會找上門？

但如今她只有柳思螢能夠依靠，她也不想再重提舊事，以免對方最後惱羞成怒，扔下自己不管。

「先回我家。」柳思螢如實說道，「妳在我家睡一晚吧，明天再看看情況。」

「不不不！不去妳家！」顏紫琴瞪大了眼，「去妳家也不安全！」

兩家不過隔一條巷子，誰能保證花童不會跟過來？

「我們去、去……」顏紫琴原本想說帶她離開草野村，送她回市區，只是話來到嘴邊還是吞了回去。

她沒忘記自己就是因爲惡夢纏身，加上阿嬤的遺囑，才不得不回到草野村。

就算離開這裡，花童肯定還會再纏上來。

除非找到能根絕的辦法，讓花童再也沒辦法……

顏紫琴臉上的焦慮神色忽地一凝，花童如大理石冰冷蒼白的臉蛋從記憶中躍出。

那張臉上的裂痕……在她用黏著劑補強石像後變淡了。

這是不是代表，石像的情況會反映到花童身上？

倘若是這樣……倘若是這樣……

顏紫琴的呼吸不禁變得急促，心口也越發火熱，甚至有絲懊惱自己現在才發覺石像與花童之間的關聯。

「去花童廟！」顏紫琴脫口喊道：「我們馬上去花童廟！」

「花童廟？妳確定？」柳思螢不是故意要潑冷水，但這個計畫聽起來不太可靠，「萬一花童在那裡等妳自投羅網……」

「所以才要快！」顏紫琴拔高了聲音，「我注意到她的臉，她臉上本來有很多很深的裂縫，但因爲我昨天補過石像了，她今天臉上的縫隙就變淺了！這代表只要把花童的雕像砸碎，她就再也不會纏著我了！」

柳思螢側頭望了顏紫琴一眼，後者的神情中混著一絲癲狂，不管現在再說什麼，只怕都無法改變顏紫琴的心意。

柳思螢用舌尖抵抵上顎，車子轉眼飛快上路。

這一次，前往的是黑森林。

小轎車在路上飛馳著，周邊景色快速地向後倒退，隱匿在夜色下的稻穗就像是搖擺的無數隻手，令人望而生畏。

顏紫琴不敢再看向窗外，強迫自己直視前方。

車燈的光束切開夜氣，照亮了往前延伸的鄉間道路。

顏紫琴一整天未睡，不久前又飽受驚嚇，如今坐在柳思螢車內，緊繃的神經稍微放鬆。過不久，她的腦袋如小雞啄米般，不停地往下點。

一不小心點得太用力，反倒把自己震醒。她趕緊張開眼，想看看目前開到哪了。

誰曉得這一看，瞬間讓顏紫琴瞳孔急遽收縮。

車子不知何時偏離了道路，居然直直朝著前方樹木衝去。

「柳思螢妳在幹嘛！快停下！快停下！」顏紫琴尖叫，「前面有樹啊！」

「妳在說什麼？」柳思螢卻滿臉困惑，壓根沒有減速和調轉方向的意思，「前面什麼也沒有啊，小琴妳眼花了吧。」

顏紫琴心中浮上一個念頭——鬼遮眼。

柳思螢一定是被影響了，才會沒看見那棵樹！

眼看不到十幾公尺就要撞上，顏紫琴白了一張臉，奮力往旁一撲，與柳思螢爭奪起方向盤，說什麼也要阻止車禍。

「小琴，妳做什麼！快放手！」柳思螢大吃一驚，急忙想搶回方向盤的掌控權。但來不及了，方向盤被顏紫琴使勁地轉到底，車子也衝往了截然不同的方向。

成功避開那棵粗碩樹木，顏紫琴的笑容才剛要浮現，一陣劇烈的衝擊猝不及防地襲來，伴隨而來的還有驚人的碰撞聲響。

顏紫琴還沒意識到發生什麼事，整個人已控制不住地往前撲，幸好安全帶及時將她扯回，但身體仍不可避免地有一些擦撞。

她腦袋空白一片，唯一能感受到的只有如潮水湧來的疼痛，耳邊還嗡嗡作響。片刻後，顏紫琴才反應過來車子撞到東西了，慢慢地眨動幾下眼睛，無法明白爲什麼會發生這種事。

她們明明避開了樹，爲什麼還會出車禍？車子到底是撞到什麼？

那個方向，不是應該空無……

顏紫琴不敢置信地瞠大眼，死死地瞪著矗立於前方的樹木，體內血液像是一口氣倒流。

不不不，爲什麼會有樹？她剛看分明沒有，這究竟是怎麼回事！

柳思螢緊握著方向盤，急促地喘著氣，她的額頭和臉都擦撞出瘀青，嘴巴還磕出血了。

好在這些都還算是輕傷，要不是她及時踩下煞車，只怕她們兩人的傷會更嚴重。經這麼一撞，引擎蓋的板金被擠壓得弓起變形，擋風玻璃也攀爬上一片像蛛網的裂紋。車燈將前方映照得熾亮，黑褐色的樹幹在光線下一覽無遺。

「妳剛是在想什麼？知不知道那樣很危險！」回過神的柳思螢馬上轉頭怒視顏紫琴，「要不是我煞車踩得快，我們兩個都要完蛋了！」

「我……」顏紫琴仍是一副失魂落魄的模樣，發怔地盯著前方，「我看到妳開車要往樹衝過去，我真的看到有樹……我以為，我以為另一邊沒東西的，可是……」

顏紫琴聲音弱了下去，終於後知後覺地發現到——被鬼遮眼的人，原來是自己。

看出顏紫琴心神不寧，柳思螢也不再多說什麼，她摸摸手機，卻摸了一個空。

柳思螢疑惑地在身上四處尋找，回想著自己是不是把手機塞到別地方了，隨後靈光一閃，彎身看了眼腳踏墊的位置。

還真的發現了手機。

柳思螢忍著身上的痠痛伸直手臂，順利將手機撈起，習慣性地將螢幕按亮。

顏紫琴本來沒有留意柳思螢的動作，但當手機螢幕亮起，映入眼角餘光的待機桌布讓她瞬間如遭雷擊。

那是一張兩個小孩的合照。

一個是眉眼帥氣的小男生，一個是綁著馬尾、笑得害羞的小女生。

顧不得身上多處傳來的疼痛，顏紫琴一把搶走柳思螢的手機，指著上面的桌布，語氣尖銳地喊：「這是誰？爲什麼妳會跟她在一起！」

顏紫琴一眼認出小男生是年幼的柳思螢，對方五官沒太大變化。

但重點是站在柳思螢身邊的小女生。

顏紫琴不可能認錯，那張臉、那雙圓圓的眼睛，還有笑起來時，頰邊陷下的甜甜酒窩。

那是花童的臉！

那是少了裂紋、看起來和尋常人無異的花童！

顏紫琴一口氣彷彿要喘不過來，她死命抓住柳思螢的手臂，想要獲得解答，「爲什麼妳會和花……」

顏紫琴激動的質問還沒完全說出口，柳思螢先被逗笑了。

雖然眼下場合離輕鬆有十萬八千里，她們甚至還趕著要去花童廟破壞石像，但柳思螢眞的憋不住直衝上來的笑意。

「小琴，妳在說什麼？」柳思螢笑著想把手機拿回來，「妳連自己小時候長什麼樣子都忘記了嗎？」

「小時候……我……」顏紫琴像是鸚鵡學舌，只能茫然地重複這幾個字。

柳思螢趁機拿回手機，「當然是妳。這張拍得好看吧，我昨天正好翻到照片，就把它翻拍到手機裡當桌布。妳看，妳現在跟小時候沒差太多，所以我當初才能一眼就認出妳是誰。」

見顏紫琴還是一臉呆滯，柳思螢迅速對著她拍了張照，再將照片展示給她看。

「對吧，沒什麼變吧。」柳思螢說得開心，還從相簿找出設為桌布的幼年照，證明自己說的沒錯。

顏紫琴瞪著手機上的照片，彷若看見世上最恐怖的東西。

就如柳思螢所說，照片上的大人顏紫琴就是照著小孩顏紫琴長開的，五官清楚地保留著幼時的輪廓。

同樣都有一雙圓圓的大眼睛，因爲嘴正好抿著，頰邊凹出兩個酒窩。

顏紫琴卻覺自己彷彿溺水之人，再也無法呼吸。

她的眼睛才不是圓的，是偏細長的；她也沒有酒窩，而且她額頭上還有胎記。

這是怎麼回事？這到底是怎麼回事？

爲什麼照片上的大人顏紫琴……跟她在鏡子裡見到的自己完全不一樣!?

照片裡的人，分明就是長大的花童！

「不對、這不對……」顏紫琴顫抖著聲音，全身發冷。

她想要大吼她的照片不該是長這樣子的，她以前拍的照片明明就是……就是什麼樣的？

顏紫琴的思緒驟然停滯。

她討厭拍照，除了必須的證件照之外，幾乎沒留下什麼照片。

等等……證件照！身分證！

身分證的照片要是有不對勁，她當初怎麼可能不會發現，一定是柳思螢的手機出問題！

顏紫琴彷彿見到浮木，即刻想找出身分證來證明。

倉皇逃出來時她只帶了手機在身邊，好在她的證件就塞在手機套夾層。

身分證上的大頭照是名猶帶青澀的女子，顏紫琴記得那是自己大學時的照片。

照片上的人才是顏紫琴在鏡中看到的自己。

顏紫琴提起的心放下，她將身分證拿給柳思螢看，「妳看這個。」

「這個？」柳思螢一頭霧水，「妳要我看妳的身分證是要……」

「當然要妳看清楚……！」顏紫琴話音中斷，對方的反問讓她意識到事情有異。

她馬上將身分證正面轉向自己，然後胃部就像被人粗暴地塞進一把冰塊。

顏紫琴一陣頭暈目眩。

身分證的照片，變成了柳思螢手機裡的那名年輕女子。

顏紫琴想起自己的手機還翻拍過護照，心急如焚地想要再找出更多的證據。然而當她找出了翻拍的證件照，她像是被高溫灼燙般反射性扔開手機。

「小心！」柳思螢眼疾手快地接住，讓那支手機逃過砸墜的命運。

顏紫琴渾身冰冷。

不只身分證，護照裡的照片也變了！

不該是這樣的，那她以前看到的照片又是什麼？爲什麼照片裡的人都變得不是自己？

「不可能，她不是我、她不是我……」顏紫琴喃喃地說，下一秒她使勁再抓住柳思螢，嘶啞地大吼，「照片上的人叫什麼名字？她叫什麼名字！」

柳思螢似乎被顏紫琴發狂般的眼神震懾住，「顏紫琴，她叫顏紫琴！她就是妳啊，小琴！」

柳思螢的喊聲落在顏紫琴耳邊，頓如一道驚雷劈落下來，她耳邊轟隆作響，眼前的景象也跟著旋轉扭曲。

猛烈的痛楚像針插進顏紫琴的腦袋，她抱著頭慘號一聲，壓抑在最深處的記憶失去桎梏，像突破閘門的洪水洶湧而來……

夢中的畫面再次重現眼前。

顏紫琴看到了陰暗的黑森林，看到花童廟後躲藏著一名綁馬尾的小女生。她的臉孔一片模糊，像被霧氣覆住了五官。

風中送來了不甚清晰的孩童喊聲。

「顏紫琴！」

「顏紫琴！」

小女生的頭往前一點一點的，似乎打起了瞌睡，忽略飄來的呼喚。

風裡的叫喚越來越微弱，最後消失不見。

緊接而來的是一聲短促的呢喃落在馬尾小女生耳邊。

「顏紫琴。」

小女生身子霍地一震，她驚嚇地想轉過頭，卻瞧見有隻蒼白小手搭在她肩上。

「嚇！」她驚呼一聲，接著見到小手的主人從石廟側邊探出頭。

那是體型與馬尾小女生相仿的女童，即便她的面孔像被霧氣籠罩，可那一身和廟裡石像相似的大襟衫及長裙，無疑說明了她的身分。

——花童。

「妳叫顏紫琴對不對？」花童笑嘻嘻地問。

「妳怎麼知道我的名字？妳是誰？妳穿得好奇怪喔。」年幼的顏紫琴不解地問。

「妳剛才告訴我的呀。」花童拉起顏紫琴的手，「妳還說要把糖果餅乾分給我，只有朋友會分享東西，妳會當我的好朋友吧。」

顏紫琴愣了愣，接著就像被燙到般猛然抽回手，「妳……妳是花童!?」

「對啊，好久沒人過來了。」花童似乎不在意顏紫琴的害怕，語氣天眞爛漫。

「妳……眞的是花童？」小孩的害怕來得快，去得也快。雖說花童的臉像被霧覆蓋，在顏紫琴眼中，顯然對方長得一點也不嚇人，她才敢大著膽子搭話。

「嘻嘻。」花童開心地笑出聲，「妳看我跟廟裡的石像像不像？」

「我看不出來。」顏紫琴老實說，花童親切的態度讓她不自覺放下心防，她主動搭上花童的手，「妳的手好涼，冰冰的，像冰塊。妳很冷嗎？」

「我不冷唷，我本來就是這樣的溫度。」花童拉著人到小廟前，「我聽到妳對我許的願望，妳希望不要被鬼抓到，希望阿螢以後都帶著妳玩，希望長大能當阿螢的新娘子。」

「哇，妳眞的是花童耶！」這下顏紫琴再也沒有任何懷疑。她許願是在心裡偷偷說的，只有花童有辦法聽見。

「我沒騙妳吧。而且我已經替妳實現第一個願望了，妳看鬼都沒有進來抓妳對不對？」

「對耶，妳好厲害！」顏紫琴語氣崇拜，「那妳有辦法讓阿螢以後都帶著我玩，讓我長大能當她的新娘子嗎？」

「當然可以囉。」花童得意地挺起胸，「我是花童耶，不過妳要先答應當我的好朋友。」

「我們現在就是朋友啦。」顏紫琴雙手拉著花童的手，興奮地說，「我明天就帶糖果餅乾給妳吃，妳什麼時候會幫我實現願望？」

「妳這兩個願望難度比較高，我必須到阿螢那邊，給她施一個小小的、能讓她更喜歡妳的法術。」

「我們現在就出去，阿螢就在外面！」顏紫琴迫不及待地想拉花童往林外走。

「不行。」花童站著不動，嬌小的身軀有如沉甸甸的石頭，顏紫琴怎麼拉也拉不動，「我不能離廟太遠。」

「那，我明天帶阿螢過來！」顏紫琴迅速想到一個辦法。

「可是阿螢肯過來嗎？其他人都不想靠近我的廟。」花童失落地說，「而且現在很晚了，妳回去會被罵吧，妳家裡的人一定不准妳再過來這的。」

「咦咦？很晚了嗎？」顏紫琴大吃一驚，仰頭向上望。

黑森林本就幽暗，樹影層疊，容易讓人分不清天色變化。

顏紫琴盯了好一會，震驚地發現天空眞的變暗了。黑森林離阿嬤家又遠，就算用跑的回去，到時候一定天都黑了。

「阿嬤會罵死我的，說不定還會打我手心！」顏紫琴慌張地說，「怎麼辦？怎麼辦？大家難道都沒發現那麼晚了嗎？阿螢爲什麼沒進來找我？」

花童猶豫一下，還是如實告知，「我不知道哪個是阿螢，不過外面沒人了，那些小孩子都跑走了。」

「什麼？」顏紫琴不敢置信地大叫，她鬆開花童的手，焦急地往黑森林外面跑。

當她來到森林外，迎接她的果然是空無一人，沒有任何人留下來等她。

連阿螢都沒有。

顏紫琴像是遭到莫大打擊，僵在原地一動也不動。

「我沒騙妳呀，他們都跑走了。」花童出現在顏紫琴身後。

「他們怎麼可以這樣……阿螢怎麼能這樣……」顏紫琴的聲音透出哽咽，她吸吸鼻子，看著漸漸被黑藍色覆蓋的天空，還有那條像瞧不見盡頭的路，忍不住打了一個寒顫，「花童，妳能不能陪我走回去？」

「我也很想，可是我不能。」花童流露幾分爲難。

「那怎麼辦？」顏紫琴抽噎地說，「我不想被阿嬤罵，也不敢一個人走回去……」

「不然……」花童像是靈機一動，「不然我替妳走回去呀。」

「咦？可是妳不是不能離開廟？」顏紫琴像被弄迷糊了，連哭泣都忘記。

「嗯……」花童俯身湊近顏紫琴，像是在對她傾訴祕密，「如果妳把身體借給我的話，就可以了呢。」

「把、把身體借給妳？」顏紫琴下意識也小小聲地說。

「這樣我就能代替妳回家，我不怕黑的，還能代替妳被阿嬤罵。最重要的是，我還可以去找阿螢，偷偷地對她施法術，是不是很棒？」

「好像是耶。」顏紫琴不自覺地點點頭，被花童說得心動萬分，「可是我要怎麼借妳身體？」

「我們打勾勾，說『小琴跟花童，約定好了喔！要當好朋友，永遠的好朋友』，這樣我就能進去妳身體裡面了。」

「妳進來了，那我呢？我還待在我的身體裡面嗎？」

「身體一次只能待一個人，不能同時擠兩個……我的身體就先借妳待著，明天就能換回來了。」

「妳的身體？」顏紫琴迷茫地問，隨後反應過來，「那個石像嗎？我不要，我不要待在那裡面！感覺好可怕！」

「不會可怕的，妳進去就會睡著啦。裡面暖暖的，很舒服喔，然後我明天會趕緊回來的。」

「眞的……不可怕嗎？」想著小廟裡的石像，顏紫琴仍有一絲畏怕。

「眞的，我不騙人。」花童篤定地說，「妳睡一覺，再醒來就會發現阿螢更喜歡妳啦，去哪玩都帶著妳，長大還娶妳當新娘子。」

「妳一定要趕快回來喔。」顏紫琴被說動了，伸出小指遞向前。

花童也豎起小指，與顏紫琴的勾纏在一起，稚嫩的嗓音一同響起。

「小琴跟花童，約定好了喔！要當好朋友，永遠的好朋友！」

就像被彼此逗樂，她們咯咯地笑出聲來，清脆的笑聲迴盪在林子外。

霎時，似有狂風吹過，吹散了籠在兩個小孩臉上的霧氣。

這一次，再也沒有任何遮掩。

顏紫琴有著一張小圓臉，圓圓的眼睛笑瞇時就像一彎月牙，臉頰浮現甜甜的酒窩。

花童眼睛細長，被吹起的劉海下——有一道拇指大小的暗紅色胎記。

接下來發生的事如同快轉影像飛速播放。

花童佔據了顏紫琴的身體，由於還不能很好地完全融入，她一走回顏紫琴阿嬤家就昏倒了，醒來後也呆呆地沒反應。

阿嬤焦急萬分，趕忙帶著人去找柳土伯收驚。

柳土伯能力平平，壓根沒看出來身體裡的靈魂已經換了一個人。

花童把握這次機會，哭鬧著要回到爸媽身邊，把小小的顏紫琴留在花童廟裡。

爲了能徹底奪舍這具身體，花童必須堅定不移地相信自己就是顏紫琴，只要待滿二十年，無論是誰都不能把她驅趕出去了。

——她將會是這具身體的眞正主人。

爲此，花童抹去了原本的記憶，遺忘了在草野村發生的一切。

她看鏡子時會看見自身的眞實容貌，但別人看她都是看見顏紫琴的模樣，照片拍出來的自然同樣。

爲了避免自己產生錯亂，破壞奪舍計畫，她對自己加了一層障眼法，照片在她眼中看來就是她的原貌。

即使做了這層保障，她仍下意識地排斥拍照，也對逢年過節回草野村這件事感到不耐。

更不用說阿嬤對她的態度只讓她覺得十足重男輕女，孫女生來就是會被忽視。

那個老人好似隱約察覺到自己的孫女有什麼不對勁，可又說不上來，只憑藉著直覺對她越發冷淡，不復以往的熱絡。

之後她得了失智症，身體逐漸衰弱，也許是即將邁入死亡，有幾次她竟瞧見孫女的模樣變成了另一人。

這讓她驚恐不已，卻無法好好表達，只能大聲斥罵。

「我不認識妳，妳不是我孫女！妳走開，妳出去，不准進我家！」

眾人只以爲她的失智症變得更嚴重了，不會有人明白隱藏其下的眞相。

顏李素在清醒與失魂間不斷徘徊，她甚至開始夢到她的小琴。

圓臉蛋的小女生躲在花童廟裡哭哭啼啼。

「阿嬤！阿嬤救我！她是騙子……花童是騙子！她明明說好隔天就把身體還回來，她沒有回來……我等好久，我等好久了嗚嗚嗚嗚……」

顏李素這才知道自己眞正的孫女被花童騙去身體，取代了她的存在。

她的小琴孤孤單單地被困在花童廟的石像裡，沉睡多年後才積攢了些許力量，總算有辦法託夢給她。

如果讓花童佔據身體滿二十年，就再也沒人可以強行將她驅離，那具軀體將會徹底地屬於她。

她會成為眞正的顏紫琴。

顏李素無比心疼，然而她已如風中殘燭，一腳幾乎踏進了棺材裡。她感覺時日無多，決定用自己的方式逼那個小偷回來草野村。

花童若回來，小琴就有機會在二十年期限到達前，搶回自己的身體。

這個計畫成功了一半。

頂著顏紫琴軀殼的花童終於回來了。

在距離二十年只剩一天的現在，她主動回到了花童廟外。

顏紫琴……不，花童全都想起來了。

想起自己眞正的身分，自己想成為人的執著。

她在花童廟待太久了，從香火鼎盛到被人遺忘，就連仙童也不見了，只剩她孤伶伶地像被遺棄在世界之外。

沒人想踏進那座似乎披著不祥陰影的黑森林，林外有時響起的孩童玩鬧聲只將她襯托得越發孤寂。

沒人陪伴她，沒人和她玩。

她起先羨慕那些洋溢著純粹喜悅的笑鬧，接著羨慕逐漸轉爲嫉妒。

嫉妒像條毒蛇，無時無刻啃蝕著她的心靈。

眞不公平……爲什麼他們能在外面開開心心地一起玩，她卻只能孤單寂寞地待在花童廟附近？

終於有一天，小顏紫琴獨自一人走進來了。

花童聽見小顏紫琴的願望，看見對方青稚又充滿活力的身體。她貪婪地移不開眼，恨不得那是屬於自己的。

這麼傻，又這麼簡單被騙進樹林裡的小孩……再被騙一次也無所謂吧。

花童成功地哄著小顏紫琴交換了身體，如她所願地成爲了「顏紫琴」。

她離開草野村，待在父母身邊，從來沒懷疑過自己原來的身分，也自動地忽略生活上的那些微小異樣。

當她爲了額頭胎記向母親哭訴自己好醜，聽見的是「我的小寶貝一點也不醜啊」的回應。

她以爲那只是母親單純的愛女發言，殊不知對方眞的看不見她額頭上的暗紅胎記。

時間飛快流逝，像捧在掌心裡的水怎樣也抓不住。

不經意間，多年已經過去。

成爲「顏紫琴」的花童，從年幼長至成人。

她本來應該像大部分普通人一樣，一邊抱怨著生活不易，一邊載浮載沉地在名爲社會的環境裡掙扎。

偏偏小顏紫琴醒過來了，還用微弱的力量干擾她的夢境，讓她開始被惡夢纏身。

她不斷地在夢裡看到當年的片段。

還未想起自己眞正身分的她，先入爲主地把小顏紫琴當成了「花童」。

就連夢裡那氣聲般的呼喚，也誤以爲是「花童」在喊自己。

可實際上——那原來是她的聲音。

「小琴？」

柳思螢的喊聲從遙遠變得清晰。

「小琴妳怎麼了？妳還好嗎？」柳思螢似乎被身邊人的情況嚇到，焦灼的喊叫一聲接著一聲。

「我還好，只是突然有點頭痛……」花童用手掩著臉，先前盤踞在眼底的恐懼退得一乾二淨，取而代之的是驚人的狠戾。

這是她的身體，她才是顏紫琴！

那個只會用惡夢和幻象嚇人的小女生……別想再搶回去！

「我沒事……」顏紫琴掩去眼中的陰冷，急著打開車門，「我們快下車，現在就去花童廟！」

小顏紫琴現在不在石像裡，只要趁機砸碎那個石像，就能結束一切。

「等等，小琴！」柳思螢猛地拉住顏紫琴，語氣亦出現劇烈起伏。

顏紫琴起初還不曉得發生什麼事，旋即她看到一道瘦小蒼白的人影不知何時佇立在燈光中。

柳思螢第一次看清花童的那張臉。

「她、她……」柳思螢不敢置信地喃喃，「她的臉……她跟妳小時候長得好像……不，簡直就是一模一樣……」

「她故意模仿我的，妳別被她騙了！」顏紫琴抽回手，「我們下車就趕緊跑，誰先到花童廟，就毀了那個石像！」

小顏紫琴的眼眸染成全然的漆黑，她朝車內的顏紫琴咧開嘴，臉上掛起一個大大的歪斜笑容。

下一剎那，小小的身子猝然加速，宛如掙脫鎖鍊的猛獸急衝向顏紫琴。

顏紫琴立刻拔腿狂奔，她不能讓小顏紫琴追上，她們現在就在花童廟附近，對方的能力已經增強。

何況她如今已恢復記憶，就算心裡不斷強調自己才是正牌的顏紫琴，也無法否認實際上花童的身分。

這樣的動搖影響了靈魂與肉體的黏合度，也讓小顏紫琴有機可趁。

這一次，小顏紫琴能夠真正傷害到她了。

絕對不能讓靈魂被擠出肉身！

「騙子！騙子！妳說謊，妳騙我！妳偷走了我的身體！好朋友才不會這樣做！」小顏紫琴憤怒地咆哮。

「妳才是騙子，妳才說謊！」顏紫琴注意柳思螢的步伐慢下來了，很可能是聽見小顏紫琴的話，她即刻扯著嗓子，用更大的音量反駁，「妳別想搶走我的身體！」

「是我的！是我的——」小顏紫琴被激得勃然大怒，臉上原本淡去的裂紋倏地變深，暗紅擴染其上，像是一條條令人怵目驚心的血管。

顏紫琴拚命地跑，雙腿都不像是自己的了，眼裡只有那座越來越近的花童廟。

柳思螢跑得最快，一雙長腿再幾個大跨步就來到花童廟前。

廟裡石像孤單地矗立著。

柳思螢果斷拿出石像，上頭雖然經過黏著劑修補，但近看仍是千瘡百孔。只要使勁地往鋪滿圓石的地面一砸，就能把殘破不堪的石像砸得碎裂。

柳思螢深吸一口氣，舉高石像。

「阿螢快砸！」

「阿螢……」熟悉的名字讓小顏紫琴動作一頓，一時就像是忘記自己要抓住偷走她身體的竊賊，扭頭望向站在花童廟前的修長人影。

「阿螢！」小顏紫琴發出淒厲的吶喊，殷紅的血淚從她的眼眶裡滲溢出來，淌落臉頰，「我才是顏紫琴！我才是顏紫琴！妳把我丟在黑森林，結果讓我的身體被花童偷了！妳不能砸它，妳砸了我就拿不回我的身體了！」

「別聽她的，快砸！」顏紫琴聲嘶力竭地喊，雙腳奮力地再往前挪動，「砸了她才不會搶走我的身體！花童把我騙回來就是要搶我身體！」

「胡說、胡說，那是我的！明明就是我的——」小顏紫琴大力躍起，發狂地撲上顏紫琴，將那道令她憎惡的人影猛力撲倒在地。

一大一小在地面翻滾掙扎，兩人的眼中是相似的瘋狂。

小顏紫琴力量大得驚人，憑藉小小的身軀竟將顏紫琴壓在地上動彈不得。

那雙蒼白細瘦的小手掐上顏紫琴的脖子，越收越緊。

顏紫琴臉漲紅，接著逐漸轉紫。她死命地別過臉，對柳思螢嘶喊出聲。

「救我！阿螢救我！把它——砸了！」

「阿螢妳認不出誰才是眞的嗎！是我！」小顏紫琴淒厲地瞪向柳思螢，「我才是顏紫琴，以前一直跟在妳後面跑的小琴！」

猶如泣血的控訴響徹林間，也重重撞進柳思螢的胸腔。

「我不會認錯，我不會認錯人的……」柳思螢喃喃地說，下一瞬做出了決定。

高舉的手義無反顧地放下。

小顏紫琴不自覺鬆開緊掐著顏紫琴的手，她的眼睛越瞠越大。

她看見——

那尊石像在鋪滿圓石的地面上被砸得四分五裂。

花童廟的石像碎了。

小顏紫琴的身體也跟著碎了。

蒼白的小女孩木然地看著自己年幼時最喜歡的朋友，彷彿意識到雙腳已在崩毀。

它們化成了碎片，撲簌地往下落。

「爲什麼……」小顏紫琴茫然地說，隨後她顧不得自己正在消散的身軀，拚了命地往柳思螢靠近。

小顏紫琴伸出跟著剝落的手，使勁想抓攫柳思螢的衣服或是任何有關她的部分。

「為什麼？」那雙圓圓眼睛變回原先的黑白分明，血淚淌得更多，「妳眞的……認不出我了？」

柳思螢低下頭，摸上了那張開始剝落的小臉，看似驚惶的眉眼裡倏地閃過一抹突兀的笑意。

她說：

「我一直都認得，我的新娘子是誰喔，所以才要讓妳進去森林裡。」

小顏紫琴張大眼，瞳孔猝然收縮，彷彿看見這世界上最可怕的東西。

「妳……你……」

那是小顏紫琴留在這世上的最後一句話。

她消失了。

眞正的魂飛魄散。

在小顏紫琴來到草野村之前，曾經有個小孩子自認爲膽大地進入了黑森林裡。

那孩子運氣不好，腳下打滑，腦袋撞到了石頭，再也沒有醒過來。

那時候花童廟還叫作仙童廟。

然後仙童的石像不見了，小廟變成了村人口中的花童廟。

接著小顏紫琴被騙進了黑森林，從此被困在花童的石像裡二十年。

顏紫琴在草野村的三天守靈結束了。

除了她和柳思螢，沒人知道第三夜曾經發生過什麼事。

顏紫琴在天亮前回到靈堂，堂哥們像是從沒察覺到她的消失。

然後是第四日的到來。

告別式是在三天後。

顏紫琴沒有繼續留在草野村，告別式那天她才會再過來。

她搭了大堂哥的便車，直接前往車站，可以省去中間搭公車的麻煩。

臨走前，大伯叫她再給阿嬤上炷香，跟阿嬤說她要先回去了。

顏紫琴接過點燃的香，對著遺照拜了拜。

當她把香插進香爐裡，她看到照片裡的老人在哭。

顏紫琴微微一笑，笑意轉瞬即逝。

她搭著大堂哥的車離開了。

車子慢慢駛離鄉間田野，顏紫琴透過車窗似乎看到柳思螢在田間工作的身影。

她沒有特地搖下車窗打招呼，只是拿出手機，發了訊息過去。

謝謝妳當年替我做的。

柳思螢顯然在忙碌中，直到顏紫琴回到市區，都還沒收到她的回應。

顏紫琴也不在意，她提著行李，慢慢走回租屋處。

就算是白日，林立多棟老公寓的巷弄內還是給人陳舊陰暗的感覺。

顏紫琴從包裡拿出隨身攜帶的平安符，毫不猶豫地將之扔進了沒加蓋的水溝裡。

拿回全部記憶的顏紫琴知道，平安符在她身上不會發揮任何效力。

神明拒絕保護奪舍的人。

手機忽地傳來震動，通知的訊息在最上方的狀態列跳出。

是柳思螢回覆她的訊息了。

顏紫琴滑動了下手機，點開那則跳出的通知。

上面只有一句話加一個笑臉。

妳是我的新娘子嘛☺

〈永遠的好朋友〉完

後記·記憶一隅的私壇和陰廟

會創作以陰廟與私壇爲主題的作品，靈感其實來自於我的兒時記憶與當年環境。我住的地方附近就有陰廟，看起來與一般小廟差不多，但或許是因爲鬼故事聽多了，也或許是那個「陰」字造成的刻版印象，就覺得陰廟似乎自帶結界，讓我不敢靠近，那股神祕肅穆的氛圍至今依然讓我難忘。

至於私壇，相信不少人小時候都有收驚的經驗，只是我那時不知道去收驚的地方就是私壇，只以爲自己是被帶去陌生人家裡，小小一間，感覺神祕。一個跟我阿嬤差不多大的女性對著我唸唸有詞，又拿來符紙，交代說要燒了泡澡跟泡水喝，導致我對收驚的印象就是符水滿好喝的XD

直至長大後，因爲興趣而閱讀、研究過許多相關資料，才發覺陰廟與私壇的興盛和社會環境息息相關。

一九八〇年代，台灣盛行一種非法的賭博遊戲——大家樂。由組頭做莊，讓人從00到99間挑選數字，簽一支需要五個號碼，再用愛國獎券的開獎號碼來做對照，中獎號碼越多組，就能賺越多錢。當時的台灣正值經濟蓬勃發展，基金、股票、證券等正式投資管道尚未普及或出現，爲求致富的民眾便沉迷於大家樂中。

那個時期的人們相信中獎號碼會以各種形式的暗示出現，這樣的號碼被稱爲「明牌」。爲了獲得明牌，民眾求神問卜，黃昏、深夜時，會前往廟宇或私壇，拜請乩童或手轎「降駕」。

除此之外，也有人透過拜陰廟來求得明牌。據說賭博相關的求財屬於「偏財」，要在日落後祭拜，而且成眞了就必須要還願，否則會有麻煩上身。大家對於陰廟的直接印象大都是有應公、萬應公、大眾爺，但其實陰廟祭祀的無主孤魂，會因地區、下葬方式、性別等等而有不同稱呼，如萬善公、萬善媽、萬善爺、水流公、水流媽、大塚公、大墓公、聖公、聖媽……等等，或是將枉死女子稱爲某姑娘、某仙姑、某仙女，夭折的孩子則稱作花童或仙童。

或許是因爲瘋明牌而被大肆渲染了「有求必應，沒還願會出事」的關係，早期的陰廟總是籠罩著一種神祕氛圍。但其實陰廟並不可怕，甚至台灣有不少香火鼎盛的陰廟，吸引信眾前去參拜。

比如台中大里的七將軍廟，據說幫忙尋找失物特別靈驗。還有台中豐原的群靈祠，因爲早期幾乎整年都在酬戲，因此吸引不少長者前往觀戲，成爲一種特殊現象。後來因爲天天搬戲被認爲是浪費之舉，所以該祠便創設福利慈善基金會，做起慈善事業。豐原刑警在辦案遇到難題時，也會到祠中請求指點迷津。

另外尚有會爲信眾開立藥單的嘉義大林大眾爺公廟，廟中有一個藥籤筒，有百支藥籤供信徒求取，以及新北的石碇姑娘廟，這間廟除了求姻緣，還可以借發財金，在大家樂、六合彩盛行的時期，也是人氣明牌廟喔。

其實陰廟的存在不只是爲了安撫孤魂，它也象徵著台灣孤魂信仰的蓬勃發展，更是一種歷史軌跡的見證，濃縮了當年的地方史。之後如果偶然經過陰廟，無須心懷畏懼，只要平常心以待就好。

這次創作的《私廟》包含三篇短篇故事，除了與陰廟、私壇有關，更扣著人心欲望而發展。

〈有求必應〉：

講述人性的貪婪，即使化作鬼，也不願放棄一分一毫，但那些東西終究是生不帶來，死不帶去。

〈換運〉：

想要探討的是人的嫉妒心。適當的嫉妒可以鞭策自己，成爲奮發向上的動力，然而扭曲的嫉妒卻會使人瘋狂，最終鑄下大錯。

〈永遠的好朋友〉：

描述了人在死後依然會有欲望，因爲這份欲望不斷地膨脹，才會驅動花童們去算計與設計。

感謝各位讀者的閱讀，看過這些故事之後，若能爲你們的生活創造一點樂趣，或是帶來更多對於人心或人性的思考，我就很開心了XD

也非常歡迎各位與我分享你的感想喔！

醉琉璃

感想區

參考資料：

〈孤魂的在地化：有應公廟與臺灣社會地緣意識之轉變〉，《民俗曲藝183》陳緯華，二〇一四年三月
（https://reurl.cc/QX4OQq）
〈愛犬走失東西掉了 七將軍廟來幫忙〉，《中時新聞網》黃國峰，二〇二〇年四月二十九日
（https://www.chinatimes.com/realtimenews/20200429004365-260405?chdtv）
〈鄉野奇談／姑娘廟拜的是「未婚去世女子」：3禁忌千萬別犯〉，《三立新聞網》社會中心，二〇二〇年六月二十五日
（https://www.setn.com/news.aspx?newsid=759048）
〈請鬼抓藥單 大林大眾爺公廟藥籤靈驗〉，《自由時報》蔡宗勳，二〇一五年八月十五日
（https://news.ltn.com.tw/news/local/paper/906788）
〈贊助歌仔戲 波麗士按奈好兄弟〉，《自由時報》張瑞楨，二〇〇九年九月十日
（https://news.ltn.com.tw/news/society/paper/334053）

國家圖書館出版品預行編目資料

私廟／醉琉璃 著.——初版.
——台北市：蓋亞文化，2023.08
面；公分.——（蓬萊詭話；PG008）
ISBN 978-986-319-929-8（平裝）

863.57 112011169

蓬萊詭話PG008

私廟

作　　者 醉琉璃
插　　畫 Gami
封面設計 萬亞雰
主　　編 黃致雲
總 編 輯 沈育如
發 行 人 陳常智
出 版 社 蓋亞文化有限公司
地址：台北市103承德路二段75巷35號1樓
電話：02-2558-5438　傳眞：02-2558-5439
電子信箱：gaea@gaeabooks.com.tw
投稿信箱：editor@gaeabooks.com.tw
郵撥帳號 19769541　戶名：蓋亞文化有限公司
法律顧問 宇達經貿法律事務所
總 經 銷 聯合發行股份有限公司
地址：新北市新店區寶橋路二三五巷六弄六號二樓
電話：02-2917-8022　傳眞：02-2915-6275
港澳地區 一代匯集
地址：九龍旺角塘尾道64號龍駒企業大廈10樓B&D室
電話：+852-2783-8102　傳眞：+852-2396-0050
初版一刷 2023年 08月
定　　價 新台幣 299 元
Published and printed in Taiwan

ISBN 978-986-319-929-8

PG008
GAEA

私廟

蓋亞文化　讀者迴響

感謝您在茫茫書海中選擇了蓋亞，您的支持是我們最大的動力。
不要缺席喔，讓我們一起乘著夢想的羽翼，穿越時空遨遊天地！

姓名：　性別：□男□女　出生日期：　年　月　日
聯絡電話：　手機：
學歷：□小學□國中□高中□大學□研究所　職業：
E-mail：　（請正確填寫）
通訊地址：□□□
本書購自：　縣市　書店
何處得知本書消息：□逛書店□親友推薦□DM廣告□網路□雜誌報導
是否購買過蓋亞其他書籍：□是，書名：　□否，首次購買
購買本書的動機是：□封面很吸引人□書名取得很讚□喜歡作者□價格便宜 □其他
是否參加過蓋亞所舉辦的活動： □有，參加過　場　□無，因為
喜歡出版社製作什麼樣的贈品： □書卡□文具用品□衣服□作者簽名□海報□無所謂□其他：
您對本書的意見： ◎內容／□滿意□尚可□待改進　◎編輯／□滿意□尚可□待改進 ◎封面設計／□滿意□尚可□待改進　◎定價／□滿意□尚可□待改進
推薦好友，讓他們一起分享出版訊息，享有購書優惠 1.姓名：　e-mail： 2.姓名：　e-mail：
其他建議：

GAEA

TO：蓋亞文化有限公司　收

103 台北市承德路二段75巷35號1樓

GAEA

GAEA

GAEA

蓬萊詭話